A Phala / 31

DENNIS McSHADE

MÃO DIREITA
DO DIABO

posfácio
JOSÉ XAVIER EZEQUIEL

ASSÍRIO & ALVIM

© ASSÍRIO & ALVIM
RUA PASSOS MANUEL, 67B, 1150-258 LISBOA
© DINIS MACHADO

EDIÇÃO 1199, JUNHO 2008
ISBN: 978-972-37-1283-4

Voici le temps des assassins.

RIMBAUD

UM

Quando acabei de falar com Lucky Cassino pelo telefone, cruzei as mãos atrás da cabeça e deixei-me ficar deitado, de luz apagada.

Bem, Maynard, vem aí o dinheiro e vem em boa hora. Há três anos que trabalhava com Cassino, executando as encomendas que ele recebia. Tínhamos começado no caso de Schuyler, que se transformou no caso de Palmer, uma vida trocada por outra. Cassino tinha qualidades, à sua maneira. Era dinâmico e ambicioso, encontrava encruzilhadas em todos os caminhos e cumpria escrupulosamente a sua acção diplomática.

Fechei os olhos. *Olga, há quanto tempo te não vejo?* Senti no estômago a velha moinha, mas deixei-me ficar, procurando ardentemente, estupidamente, a cor dos olhos de Olga na escuridão fechada dos meus. Estive quase para me levantar, mas não me apetecia vestir. Apetecia-me ficar assim, embora um pouco triste, ou inquieto, arranhando a solidão, arranhando-a até ela sangrar.

Ora bem, Maynard, minha louca sentinela da noite. Virei-me para o lado direito e senti-me um pouco melhor do estômago com a mudança de posição. Deixei-me ficar quieto não sei quanto tempo, sem conseguir adormecer. Durmo muito pouco, três ou quarto horas em cada noite. As noites são sempre longas, estiradas, e eu fico deitado na cama como num rio de silêncio, ouvindo o marulhar do próprio coração. Às vezes, tomo comprimidos para as insónias, mas fazem-me mal à úlcera. *Bem, Maynard essa tripa velha que trazes dentro de ti é que há-de levar-te ao cemitério. És capaz de marchar numa manhã de Outono, como marcham os tísicos e os solitários, Johnny e Olga seguindo o carro funerário, uma data de gente mandando rezar uma missa para que fiques bem enterrado.* Um vento rápido fez dançar a cortina da janela e bateu-me no rosto. Acendi a luz, levantei-me e olhei para o espelho. *Bem, Maynard, a forma física não é famosa. Tens de reagir. E tens de lavar os dentes, Maynard. Tens de ter cuidado contigo.*

Lavei os dentes e voltei para a cama. Li algumas páginas de Bradbury sobre marcianos. *Meu bom Bradbury, companheiro das estrelas, filho de Deus esquecido na Terra, a que bolsos sem fundo vais buscar os teus tostões de poesia?* Peguei a seguir num livro de poesias de Rilke, mas comecei a sentir as pálpebras pesadas. Não me iludi. Para mim, sentir as pálpebras pesadas não é a certeza de dormir. Muitas vezes, fico de olhos fechados, esperando que o sono venha, muito quieto, para que o sono me surpreenda. Continuei a ler Rilke como quem lê fórmulas de medicamentos ou um jornal às avessas. A certa altura, pressenti que o sono chegava. *Lá vem ele, o velho e renitente amigo, o estupor.* Olga ainda me passou pelo pensamento como uma flecha antes de me sentir deslizar pelas quatro horas de esquecimento.

DOIS

— Estamos lá, dentro de minutos — disse Cassino.

O carro devorava quilómetros de estrada numa bela manhã de Maio. Íamos ao encontro de um homem que queria que se fizesse algo de muito importante e decisivo — e que estava disposto a pagar bem para o conseguir. Cassino, ao volante, carregava no acelerador e fazia o retrato de T.R. Douglas, o milionário que o tinha encarregado de me chamar.

— Ele pede um serviço de primeira classe. Uma obra de luxo. Tem dinheiro para pagar. Naturalmente, não me fez confidências, mas quando eu lhe disse que lhe arranjava o melhor, disse-me para te trazer à sua casa de campo. Isto foi ontem. Está à nossa espera e quer que tu comeces imediatamente. O tipo é um eremita. Comanda os seus negócios à distância, não tem família. Dizem que é implacável, que já liquidou vários concorrentes. É accionista de fábricas de material de guerra e tem plantações no Sul. É um «self-made-man». Não sei que história ele tem na cabeça para nos contar, mas deve ser alguma coisa emocionante.

— Pois — disse eu.

— É um homem velho — continuou Cassino. — Deve andar pelos setenta anos. Telefonou-me há dias e pediu-me para eu ir ter com ele. Conhece relativamente bem o meio. Entrou comigo com pés de lã, mas já sabia que eu podia fornecer-lhe o dedo que puxasse o gatilho. Ao fim de cinco minutos já nos tí-

nhamos compreendido. Não falei no teu nome, «Califa». Disse-
-lhe só: o melhor. Uma obra limpa, completa, em profundidade
e em extensão.

Piscou-me o olho e riu. Já estávamos fora da cidade. Eram
onze horas de uma manhã cada vez mais luminosa. Começáva-
mos a encontrar pelo caminho vivendas isoladas e descampados,
depois zonas com árvores que lançavam a sua sombra sobre a
estrada. Cassino virou à esquerda, metendo por um caminho
pouco largo, recto e bastante longo.

— Vais ouvi-lo, «Califa». E vais ver a casa. Austera, sólida,
com árvores frondosas a envolvê-la e uma pequena piscina.

— Tem criados?

— Quando cá estive, não vi ninguém. Só o tipo. E combinámos que hoje também estaria sozinho. Sei que não é casado,
é dos tais que bebem solidão por uma palhinha. Constou-me já
que era maricas, mas são coisas que se dizem, e hoje está muito
velho. É muito temido nos seus negócios por ser um grande lu-
tador. Deve ter gente de confiança nos locais próprios, mas é
um tipo discreto, metido na sua torre de marfim.

Cassino passou a mão direita pelo cabelo lustroso e continuou:

— É um homem que pesa muito dinheiro. Quando lhe falei em honorários, disse-me que isso não era problema. Que
um serviço bem feito, uma coisa competente, não tem preço.

— É tipo doente?

— Não me pareceu muito. Um pouco alquebrado, mas
lúcido. É capaz de ter as doenças da idade, além da misantro-
pia: reumatismo ou mal do coração. Mas nada de muito evi-
dente.

Cassino fez, repentinamente, guinar o carro para a direita, metendo por um atalho largo e empedrado. Espetou o dedo para a frente:

— Olha, «Califa», lá ao fundo.

Vi uma casa larga, bem assente no terreno, entre árvores. Toda a parte frondosa, de frente para o atalho, tinha sido eliminada, dando lugar a um portão gradeado. À medida que nos aproximávamos, pude ver que a casa era uma sólida construção em pedra clara, com degraus também de pedra. Entre os degraus e o portão gradeado havia uns cinquenta metros de álea, com flores variadas do lado esquerdo e com piscina à direita. Ao longo do portão, para os dois lados, estendia-se um muro alto.

Quando nos aproximámos do portão, este abriu-se como por encanto. O nosso carro rodou na álea e Cassino encostou-o à esquerda, junto à casa, numa larga sombra. Saímos e começámos a subir os degraus. O homem apareceu à entrada da porta: T.R. Douglas em pessoa, presumi. Um rosto de pergaminho numa cabeça grisalha.

Não esperou por nós. Virou-se para dentro de casa e fez-nos sinal com a mão para que o seguíssemos. O corredor era comprido e amplo e o soalho estava todo coberto por uma alcatifa entrançada amarela e vermelha. No tecto, um candeeiro de cristal. À esquerda, uma pequena mesa, onde se viam alguns livros e um relógio. À direita, um bengaleiro vazio.

T.R. Douglas abriu a última porta do corredor e fez-nos entrar num pequeno escritório. Uma cortina pesada, semi-aberta, permitia que a luz do Sol entrasse na dependência, iluminando uma vulgar secretária de mogno, dois «maples», uma cadeira de espaldar e uma mesa verde que suportava um candeeiro. Tudo disposto um pouco ao acaso, sem esmero.

— Sentem-se, sentem-se — disse o velho. — Que bebem? *Brandy, sherry,* uísque? — E dirigiu-se para a mesa verde, abrindo um pequeno armário nela incrustado.

— Uísque para mim — disse Cassino. — E nada para Maynard. Não é, «Califa»?

— Pois — disse eu.

— Maynard não bebe e não fuma — disse Cassino.

— Desculpe se não o acompanho na bebida, mas nunca bebo antes de almoço — disse T.R. Douglas.

Depois de servir o uísque a Cassino, o velho sentou-se na cadeira por detrás da secretária. Sorriu para mim e disse:

— Prazer em conhecê-lo, Maynard. Vem disposto a aceitar o trabalho?

— Depende — disse eu.

— Bem — o homem sorriu. Era, realmente, muito velho. Falava de maneira arrastada. — Compreende, contudo, que se lhe vou dizer o que pretendo e você não aceita, fica de posse do meu segredo e da minha intenção.

— Isso não é problema — interrompeu Cassino. — Maynard é um profissional de uma verticalidade absoluta. Respondo por ele.

— Está bem — disse o velho. — Mas é um risco. O que eu quero que se faça é só para ser conhecido para quem aceitar o desempenho da missão.

Passaram alguns segundos em silêncio. E eu disse:

— Vamos tentar compreender-nos, *mister* Douglas. Vim aqui para saber do que se trata. Só digo se aceito o trabalho depois de estar de posse de todos os dados. De resto, o senhor terá de arriscar em quaisquer condições. Ninguém aceita uma coisa destas sem saber do que se trata. Mesmo que procure o Sindicato, não há outra forma de solucionar a questão. Quanto a mim, trabalho sozinho. Se o senhor prefere tratar disso doutra maneira ou com qualquer outra pessoa, não precisa de me contar nada e eu vou-me já embora.

— Um momento — disse T.R. E voltando-se para Cassino:

— E você, o que diz?

Cassino fez rodar o copo entre as mãos, olhando pensativamente para o chão. Depois, respondeu:

— Há dois aspectos a considerar aqui: o género de trabalho e os honorários. Se Maynard concordar com ambos, fazemos negócio. Mas o senhor, *mister* Douglas, não tem alternativa. Diga-nos o que deseja e entregue-se à sorte.

O velho levantou-se, deu alguns passos pela sala e começou a dizer:

— Bem, vou contar por alto uma velha história. Suponho que rapidamente farão uma ideia do que se trata e decidirão ou não fazer o trabalho.

Acendeu um cigarro, deu mais uns passos e acercou-se da janela. Ficou de costas para nós. Era alto, mas já muito curvado. Vestia um roupão cinzento e calçava pantufas de veludo azul--escuro. A sua voz soou arrastada, mas nítida.

— Há anos, uma rapariga foi violentada por quatro homens. Ficou transformada num autêntico farrapo. Esteve dois anos numa casa de saúde e acabou por se suicidar.

Fez-se silêncio de novo. Finalmente, Cassino perguntou:

— E então?

— Então — respondeu T.R. — passou muito tempo, mas eu não me esqueci. Essa rapariga era minha filha e eu quero a pele desses homens. Durante os últimos anos, só uma ideia me tem acompanhado: vingar a morte de minha filha. Hoje, tenho dinheiro suficiente para pagar seja a quem for e para me proteger de consequências. A missão de Maynard seria a de matar esses quatro homens.

Cassino olhou para mim com ar interrogativo. Eu disse que sim com a cabeça. E Cassino perguntou:

— Quem são esses homens?

T.R. voltou-se para nós:

— Já conhecem as linhas gerais do caso. Antes de continuarmos quero saber a opinião de Maynard.

Olhou bem de frente para mim. Perguntei:

— Quanto paga o senhor?

— Diga você quanto quer.

Pensei uns momentos. Olhei para Cassino.

— Bem — disse eu, finalmente. — Oitenta mil dólares, com despesas por minha conta. Quarenta mil neste momento, e o resto quando o trabalho estiver feito. Estabelece um prazo determinado?

— Não. Acabe com eles quando puder. Quanto mais cedo melhor, evidentemente. Creio que seis meses chegam.

— Devem sobrar — disse eu. — Mas estou a falar um pouco por alto. Só depois de saber quem são os tipos é que posso fazer uma ideia.

T.R. voltou a sentar-se na cadeira atrás da secretária. Abriu a primeira gaveta do lado direito, retirou vários maços de notas de mil e disse:

— Pode levar já cinquenta mil. Estava a contar com isso.

— Não — interrompeu Cassino com um sorriso. — O «Califa» disse quarenta mil agora. Disse, e pronto. O que interessa é saber quem são os tipos, quando foi a história, etc. Bem, o senhor sabe...

— Foi há oito anos. Um deles namoriscava a minha filha. Um tal Nick Collins. Eu não gostava dele. Vivia de mulheres e do jogo. Katie apaixonou-se por ele. Uma vez fui buscá-la a Las Vegas, para onde o tipo a tinha levado. Tinham ido para lá com um tal Max Bolero, que não era melhor peça. Amigo de Collins. Um dançarino. Trabalhava em *boîtes*. Zanguei-me com Katie e a coisa parecia estar morta. Até que uma noite, em Chicago, apareceu-me em casa completamente desfeita. Tinham sido quatro, ainda me disse ela. O Collins, o Bolero e mais dois que não sabia quem eram. Teve um colapso nervoso muito pronunciado e ficou uns dias em estado de coma. Melhorou, mas tive de interná-la numa casa de saúde. Ficava dias seguidos a olhar em frente, para um ponto indeterminado. Fez uma tentativa de suicídio, que falhou. Uma enfermeira agarrou-a quando ia a saltar da janela. Finalmente, cortou os pulsos com uma lâmina. Encontraram-na de manhã, já morta. Do Collins e do Bolero nunca mais tive notícias. Nem aqui, nem em Las Vegas, nem em Chicago. A certa altura, decidi parar as minhas investigações. Não queria tornar-me notado. Preparei-me para uma ofensiva sistemática. Deixei que o tempo passasse e tudo estivesse mais ou menos esquecido. E agora é a altura de você, Maynard, entrar em acção.

O velho disse tudo isto de um fôlego, como se tivesse medo de ser interrompido. A angústia e o ódio misturavam-se nas suas palavras. Mas tinha uma maneira de falar de certo modo pomposa, como um actor desactualizado. Quando acabou, tinha a cabeça baixa.

Fez uma pausa antes de levantar de novo a cabeça, olhando-me de frente:

— É uma bela causa, Maynard.

Não respondi e ele abriu a segunda gaveta da secretária do lado esquerdo. Tirou de lá uma fotografia.

— Katie — disse simplesmente. — Quando morreu, tinha vinte e dois anos.

Peguei na foto: uma rapariga mais simpática do que bonita, o cabelo castanho puxado para trás, enrolado na nuca. Olhos grandes e sinceros, boca pequena e mole. Estendi a foto a Cassino, que a olhou demoradamente antes de a devolver ao velho.

— A mãe de Katie...? — sugeriu Cassino.

— A mãe de Katie — cortou T.R. abruptamente — não interessa para o caso. Não sou casado, nunca fui. Apenas uma desavergonhada de momento, que não sei se está viva, se está morta. Katie veio viver comigo quando tinha seis anos.

— *Mister* Douglas — disse eu — há aqui um pormenor a esclarecer: o Collins e o Bolero desapareceram antes de sua filha se suicidar?

— Sim. Depois daquela noite, sumiram-se definitivamente.

— Bem, não deve ser fácil localizá-los. Como o senhor não estabelece prazo, algo se há-de conseguir. Mas também quero esclarecer que pode algum já ter morrido...

— Melhor para si. Receberá os oitenta mil pela morte dos outros três. Mas pressinto que estão todos vivos.

— Se estão todos vivos hei-de apanhá-los.

Cassino pegou nos quarenta mil dólares que estavam em cima da secretária e perguntou:

— Como entramos em contacto consigo, *mister* Douglas? Preferia não usar telefones.

— Venha aqui, à minha casa de campo. Aos sábados, durante o dia não está cá ninguém. Os criados só vêm à noite. Para algo realmente urgente, telefone.

— Não há-de ser necessário — disse eu. — Espero só entrar em contacto com o senhor depois do trabalho concluído.

— Os quarenta mil estarão cá à sua espera. Entretanto, Maynard, faça isso com descrição.

Cassino riu e levantou os braços:

— O «Califa» é o mais discreto dos profissionais. Vão cair os quatro, um para cada lado, sem se saber como nem porquê. Se os crimes de Maynard não são obras de arte, a arte é que fica a perder.

— Li uma coisa parecida, creio que em Steinbeck — observou T.R.

— Saroyan — corrigi.

TRÊS

Esperei três dias em casa, enquanto «Lucky» Cassino coligia elementos, a fim de nos assegurar da veracidade da história de T.R. Douglas. Li um pouco de Ionesco e recitei para o meu gravador dois poemas de Walt Withman. Quando estava a limpar a arma, o telefone tocou:

— Está certo, «Califa» — disse Cassino do outro lado do fio. — A filha dele, Katherine Douglas, matou-se a 7 de Fevereiro, há oito anos, no Anne Quincey Sannatory. Já pus Herbie no encalço dos dois nomes. As *boîtes* estão a ser batidas e não falta muito para conseguirmos ficha das actividades de Max Bolero. Continua em casa. Em breve, terei notícias concretas para ti.

Depois de Cassino desligar, fui tomar um banho quente, passei uma vista de olhos pelo jornal e decidi ir ao teatro ver a ultima peça de Miller. Se Cassino, entretanto, telefonasse, que tentasse mais tarde. A peça não era grande coisa, saí do teatro antes de acabar e o telefone tocou na altura em que cheguei a casa. Era quase meia-noite.

— «Califa», ouve com atenção — disse Cassino. — Herbie já conseguiu informações. Max Bolero estava em Frisco há três anos, mas o mundo é pequeno. Procuraram-se lá pistas e acabámos por saber que o tipo está aqui, em Nova Iorque, com outro nome, e à frente de uma casa de bilhares. Agora chama-se Max Gold. A casa é nas zonas pobres do oeste da cidade.

— Está encostado a algum graúdo? — perguntei.

— Possivelmente — respondeu Cassino. — É natural que por detrás dele haja alguém com dinheiro e posição. Não sei se tem quota na casa ou se foi apenas lá colocado como gerente. De qualquer modo, está lá há pouco tempo. Que queres fazer?

— Vamos lá amanhã jogar uma partida de bilhar — disse eu.

— Mas eu não sei jogar — disse Cassino,

— Também eu não — respondi. — Passa por cá amanhã, depois de almoço.

Quando acordei, na manhã seguinte, já o sol ia alto. Fiz café, mas não tinha açúcar em casa e não me soube lá muito bem. Tomei um duche, oleei a minha «Beretta» (*Dona Beretta, delicada como um* maitre d'hotel *e leve como uma pluma de arara*), ouvi um pouco de Bach e saí para comprar jornais e almoçar. Quando voltei, despi o fato claro que tinha vestido, substituindo-o por umas calças de bombazina e um casaco velho de «sport». Cassino chegou às duas horas.

— Vamos, «Califa»?

— Vamos.

Atravessámos o centro da cidade e dirigimo-nos para o lado oeste. Cassino começou a falar:

— O nosso amigo Max Bolero, aliás Max Gold, é mesmo o dono da casa de bilhares. Aquilo não tem nome. Bilhares — e é tudo. Não se lhe conhecem grandes amigalhaços por cá. Deve ter trazido o dinheiro de Frisco e aplicou-o ali. Como pensas resolver o assunto?

— Por agora, vamos ver as vistas. E ouvir o que se diz.

Entrámos numa zona de prédios demolidos, Cassino guinou o carro para a esquerda e, pouco depois, estacionámos próximo de uma fila de casas baixas e pobres. Saímos do carro. Cassino disse:

— É ao fundo da rua. Herbie tratou disto tudo.

Percorremos a pé três quarteirões, alguns miúdos jogavam basebol na rua e um polícia fardado fazia vista grossa à jogatana. Entrámos na sala de bilhar. Estava quase vazia. Das quatro mesas, só uma estava ocupada por uns tipos que jogavam «snooker». Tirei um taco e pedi bolas a um velho coxo que imediatamente retirou o pano da mesa que escolhi.

Um dos tipos que jogava «snooker» gritou:

— Ei, bailarino, giz!

O velho coxo movimentou-se o melhor que pôde. Bailarino era com ele. Entregou o giz a um tipo alto e ruivo, que lhe deu uma palmada nas costas.

Cassino pegou também num taco e o velho coxo entregou-nos as bolas. Começámos a jogar. Eu jogava melhor que o Cassino. Fiz mesmo uma série razoável de carambolas.

A certa altura, entrou um tipo esgrouviado, de blusão preto. Era novo e bexigoso. Dirigiu-se ao velho coxo:

— O Max? Pergunta-lhe se quer jogar uma partida.

— O Max não está — disse o velho coxo — foi a Frisco.

Cassino olhou para mim e fiz um gesto vago de assentimento. Acabámos a partida, pagámos e saímos.

— Pois é — disse Cassino, já na rua. — O tipo deve ter coisas em Frisco. Vou pôr o Herbie na pista, pois pode ser que ele se demore por lá. Nesse caso, irias a Frisco.

— Pois — disse eu.

Metemo-nos outra vez no carro. Cassino acendeu um cigarro e pôs o motor a trabalhar. Eu disse:

— Tenho de falar com o Max antes de fazer o trabalho, por causa do nome dos outros dois. Convém-me, realmente, ir a Frisco para descentralizar a acção.

Cassino olhou para mim e sorriu:

— Essa conversa deve ter piada.

— Pois — disse eu.

— Ouve, «Califa». Logo que tiver notícias telefono para ti. Tens de ficar de novo em casa.

— Só me interessa a morada dele em Frisco. Partirei logo que a souber.

— Entretanto — continuou Cassino — também estamos a tentar descobrir vestígios de Nick Collins. Tem sido um pouco mais difícil. E terá de ser através de um deles, o Max ou o Nick, que poderás saber quem são os outros dois. Espero que o Herbie dê boa conta do recado.

— O Herbie é bom — disse eu. — Um óptimo informador.

— Mas é caro.

Minutos depois, Cassino parou o carro em frente da minha porta.

— Bem — disse eu — fico à espera.

— Ok.

Entrei em casa, despi-me e estendi-me um pouco em cima da cama. Estava um tempo demasiado quente para Maio. Fiquei algum tempo de olhos fechados, a pensar. *Olga*. Fiz um esforço para afastar Olga da ideia. Preocupava-me, nesta altura, o possível diálogo que teria com Max. Se tivesse de o matar antes de saber os nomes que faltavam, ficaria só com uma possibilidade: Nick Collins, de quem, por enquanto, não se sabia o paradeiro.

Levantei-me, meti-me debaixo do duche e comecei a preparar as minhas coisas para uma possível viagem a Frisco. Guardei algumas roupas numa mala pequena e deixei espaço nela de modo a caber lá a maleta do silenciador. Seria óptimo que Cassino telefonasse cedo, tendo localizado já a morada de Max. Preferia efectivamente tratar com ele em Frisco.

Peguei num livro, mas larguei-o imediatamente e ouvi um pouco de Beethoven. Sentia-me ligeiramente mal disposto, como sempre acontece antes de fazer um trabalho. Beethoven não me fez muito bem. Coloquei Debussy no gira-discos, mas a minha úlcera começou a dar sinal de si. Tomei um comprimido. Melhorei, mas decidi que nessa noite só beberia leite. Felizmente, tinha-o, no frigorífico e não precisava de sair. Dei uma vista de olhos pela minha «Beretta». Estava em ordem, pronta para matar.

Deitei-me de novo em cima da cama e senti-me um pouco cansado. Já sabia, era sempre assim. Precisava urgentemente de acção. Nem a maldita úlcera deixava de dar sinal de si enquanto eu não encontrasse Max Bolero.

O telefone tocou. Levantei o auscultador.

— Bob? — perguntou uma voz de mulher.

— Como?

— Mas… quem fala? Não é o Bob?

— Não, minha senhora. Enganou-se no número.

Coloquei o auscultador no descanso e fui beber leite. Estava a precisar dele. Olhei para a minha mão direita. Felizmente não tremia.

Eram cinco e meia da manhã quando o telefone retiniu de novo. Acordei.

— Alô?

— «Califa»?

— Diz.

— Já tenho a morada e a passagem de avião. Vou buscar-te dentro de meia hora. Está bem?

— Pois.

Desliguei, lavei-me, vesti-me e dei uma vista de olhos pela minha bagagem. Tudo em ordem. Ajustei bem o cinto ao tronco e coloquei a arma no coldre. Estava bastante calmo, quase satisfeito. Bebi um copo de leite, embora o estômago não me doesse, e cirandei um pouco pela casa. *Bem, Maynard, quase não pregaste olho, pareces contente como um passarinho e quem entrasse agora dentro de ti, sorrateiramente, seria incapaz de descobrir o que se passa. Nem para ti, meu velho, és sincero. Lobo acossado, que até foge de si próprio. Que raio de serenidade é essa, Maynard? Onde foste buscar uma coisa que não pode haver, pelo menos para ti?*

Disse que sim com a cabeça a mim próprio, aproximei-me da janela e fiquei a ver o espectáculo do dia a nascer, como uma criança que foi pela primeira vez ao circo. Semicerrei os olhos, passei a mão pelo peito, sentindo a arma, e voltei as costas ao nascer do Sol.

Fiquei à espera de Cassino.

QUATRO

Quando cheguei a Frisco, ao fim da tarde, dirigi-me ao hotel mais próximo da estação, registei-me com um nome falso e disse ao criado que me trouxesse o jantar ao quarto: um bife e leite.

Depois de jantar calcei uns sapatos de borracha, mudei de roupa, meti a chave-mestra na algibeira do casaco e embrulhei no lenço o diamante de cortar vidro. Retirei da mala o estojo com o silenciador e tomei um táxi para a parte baixa da cidade. Mandei parar a trezentos metros da pensão onde Max estava hospedado e fiz o resto do trajecto a pé. Cassino tinha-me dito que eu poderia utilizar as traseiras, subindo a escada de serviço e partindo o vidro da janela que dava para o corredor. Fui inspeccionar o local e o acesso pareceu-me fácil. Procurei uma cabina telefónica, folheei a lista, encontrei o número, meti um níquel e liguei.

— Alô? — era uma voz de mulher, já gasta.

— Queria falar com Ricky Blake.

— Um momento.

Esperei quase um minuto.

— Alô? — disse finalmente uma voz forte.

— Daqui da parte de Herbie — disse eu.

— Sim, senhor. O número da porta é o 12.

Desliguei. Óptimo. Cassino avisara Herbie de que era necessário saber também o número da porta do quarto de Max.

Herbie pusera a funcionar um dos seus informadores de Frisco, Ricky Blake. Quando parti de Nova Iorque só me faltava esta informação. A rede já estava preparada para o peixe.

A sombra era cerrada nas traseiras do prédio. Esperei por uma altura em que o movimento fosse nulo e o sossego absoluto. Subi a escada de caracol e nem precisei de partir o vidro da janela, porque estava aberta. Entrei no corredor e, sob a luz baça, divisei imediatamente o número 12 ao lado direito. Saquei a arma do coldre, abri o estojo, coloquei o silenciador no cano e espreitei pelo buraco da fechadura. Tirei a chave-mestra da algibeira, abri a porta e empurrei-a muito devagar com a mão esquerda, segurando a arma com a mão direita. Entrei no quarto, fechei a porta com as costas e procurei com a mão esquerda o interruptor na parede. Encontrei-o e acendi a luz. O quarto iluminou-se intensamente e vi que ninguém lá estava.

Dei uma olhadela em redor: uma cama, uma mesinha-de-cabeceira, um guarda-fatos e duas cadeiras, tudo muito apertado entre quatro paredes mal pintadas. Apaguei de novo a luz e fui para junto da janela que dava para o lado fronteiriço, tendo a preocupação de não ser apanhado pela luz de um reclame luminoso que palpitava do outro lado da rua. Virei uma cadeira ao contrário e sentei-me com as mãos apoiadas no espaldar, segurando a arma na mão. Era de esperar que a próxima pessoa a cruzar a porta fosse Max e não qualquer criada da pensão, visto o quarto estar limpo e arrumado.

Esperei vinte e cinco minutos. Eram vinte e três e trinta e cinco no mostrador luminoso do meu relógio quando ouvi passos no corredor. Esqueci-me imediatamente da úlcera, que me estava já a doer. Levantei-me rapidamente e coloquei-me atrás da porta. Ouvi uma chave rodar na fechadura e afastei-me um pouco para permitir que a porta se abrisse. Uma sombra entrou no meu raio de visão e o quarto iluminou-se subitamente. O tipo já estava para o lado de cá e eu só tive que fechar a porta com o pé. Vi então um rosto apavorado, dois olhos esbugalhados que fitavam a minha arma.

— Mas… — disse o tipo, como quem vai dizer qualquer coisa.

— Senta-te — disse eu. — Puxa uma cadeira e senta-te.

Era alto e magro, andaria por volta dos quarenta anos e tinha um rosto muito branco com rugas que gritavam uma existência devassa. As mãos eram muito bem cuidadas, de um cuidado quase repugnante para um homem. Usava um grande anel de pedra vermelha no anelar esquerdo. Vestia um fato azul-escuro, calçava botas lustrosas, abotoadas ao lado, e tresandava a brilhantina.

Sentou-se na cadeira e ficou a olhar para mim de lado. Estava a recobrar lentamente de surpresa.

— Quem é você? Que quer?

Havia um pouco de tremor na sua voz, mas dominava-a razoavelmente.

— Quem faz as perguntas sou eu.

Sentei-me também. O tipo observava os meus movimentos com avidez. Naturalmente, a arma, com o silenciador nela colocado é que lhe chamava mais a atenção.

Vendo que eu não falava, tartamudeou:

— Mas… essa arma… quem é você…?

— Pois — respondi. — Como te chamas

— Haaaa…bem, Al Brown…

— Que falta de imaginação — disse eu. — Volta-te para a parede.

Encostei o silenciador às suas costas e, com a mão esquerda, tirei-lhe a carteira da algibeira de dentro do casaco. Voltei a sentar-me e vi o que me interessava: uma carta de condução em nome de Max Gold.

— Senta-te — disse-lhe.

Atirei a carteira para cima da cama e comecei a falar:

— Ouve, Max. Max Gold ou Max Bolero, ou ainda outra coisa qualquer porque, pelo que vejo, tens mais nomes do que dentes. Vais ter juizinho e falar-me de uma velha história em que tu e mais três safados violaram uma rapariga.

O tipo começou a suar:

— O quê? Uma rapariga?

— Sim. Há oito anos, tu e mais três fizeram um serviço porco. Se for necessário, avivo-te a memória.

— Mas… o que quer que lhe diga? — e começou a torcer as mãos.

— Sei que foste tu, o Nick Collins e mais dois. Quero saber os nomes dos outros dois e outras informações que possas dar.

— Mas porquê? Que tem você com isso? — disse, e quis levantar-se, mas sentou-se imediatamente ao ver que a arma lhe seguia o gesto. — Que quer você fazer? — e a voz esganiçou-se-lhe na última palavra.

— Bem, vou contar-te — disse eu, calmamente. — Ando à procura dos quatro homens que fizeram esse lindo serviço. Foste o primeiro a ser localizado. E tens de falar.

— Fizemos esse lindo serviço? E você? — quase gritou ele.

— Seu assassino!

— Baixinho, que podem ouvir-te.

Deve ter visto dureza nos meus olhos ou qualquer coisa pior do que isso. Começou a tremer e a contar:

— Eu nem sabia que a pequena era séria. Palavra que não sabia. Foi uma ideia do Nick. Tínhamos bebido uns copos e estávamos alegres. Depois dessa noite, nunca mais os vi. Ou antes, ainda vi, passados dias, o mexicano.

— O mexicano?

— Bem, ele não era mexicano. Era filho de pais mexicanos. Nós é que lhe chamávamos assim. Foi ele que me disse que era melhor desaparecermos, que já tinha falado com o Nick e com o Joe e que coisa estava a dar brado.

— Pois — disse eu — o mexicano e o Joe. Diz nomes.

O tipo quis ganhar mais tempo.

— Mas que quer você fazer? Vai matar-me?

— Depende — disse eu.

— Depende de quê?

— Fala.

— Posso fumar?

— Não.

Torceu outra vez as mãos.

— Tony Hernandez e Joe Filippo. Este é um italo-americano. Fomos nós os quatro, mas o instigador foi o Nick. Era um tipo sem escrúpulos.

— Pois — disse eu. — E onde estão eles agora?

— Não sei. Ouvi dizer que Tony foi para o México. Mas não sei. Nunca mais soube de Nick. Apenas sei que Filippo está em Nova Iorque.

— Como sabes? — perguntei.

— Bem — fez um gesto evasivo — falei com ele há tempos.

— E que faz ele?

— Não sei. Falámos por telefone. Ele telefonou-me por causa de uma coisa.

Teve um sorriso amargo e abanou a cabeça.

— Que coisa? Tens negócios com ele?

— Não. Já lhe disse que depois do que se passou há oito anos, cada um seguiu o seu caminho.

— Repito: que coisa?

Houve um silêncio longo e Bolero acabou por quebrá-lo de maneira estranha:

— Apenas um gesto de amizade. Não tem nada com isso.

— Pois — disse eu. — E o que faziam o Hernandez e o Filippo há oito anos? Quem os conhecia bem?

— O costume. Jogo de cartas, corridas de cavalos, mulheres e bebidas. — Fez um esgar, como que a recordar-se. — Mas como já lhe disse, cada um foi para seu lado e acabou-se. É difícil encontrar pistas. Nem sei se o Nick e o Tony Hernandez ainda estão vivos. Posso fazer uma pergunta?

— Podes.

— O que aparece você a fazer no caso?

— Fui contratado pelo pai da rapariga para os matar.

Houve um pequeno silêncio. O rosto de Bolero era um mar de suor.

— E agora?

— Agora, vais dizer-me se sabes ainda mais alguma coisa.

— E depois? Você mata-me?

Pela primeira vez, o tipo olhou-me nos olhos a direito. Viu nos meus a determinação necessária. E talvez por isso, decidiu correr o risco. Tentou preparar o salto na cadeira. A primeira bala que disparei atirou-o para trás, mas não o fez cair. Cambaleou, tentou dar um passo em frente e disparei de novo. Foi atirado contra a parede, pôs as mãos no peito e escorregou lentamente para o chão.

Meti a carteira na algibeira do casaco de Bolero. Tirei o silenciador da arma e guardei ambos. Dei mais uma vista de olhos pelo quarto. Apaguei a luz, abri a porta devagar, espreitei, atravessei o corredor, abri a janela, que já se encontrava fechada, saltei para o lado de fora, desci a escada de caracol e contornei o prédio, cosido com as sombras da noite. Tinha feito o trabalho no melhor dos silêncios e com a maior das eficiências. Colhera excelentes informações e dispunha de várias pistas possíveis, embora vagas. Pelo menos, já sabia quem eram os outros dois.

Amanhã, estaria de novo em Nova Iorque. Entrei no hotel e dormi um sono reparador, depois de tomar um comprimido para o estômago. Só por precaução, porque a úlcera não me incomodava.

Sonhei com Olga.

CINCO

Desci do comboio e antes de seguir para casa, entrei numa cabina telefónica e liguei para Cassino.

— Voltei — disse eu. — Vou já para casa.

— Ok, irei ter contigo dentro de um hora. Apanhei um táxi e um quarto de hora depois estava a meter a chave à porta. Desfiz a mala, tomei um duche muito quente e fui buscar a garrafa de leite ao patamar da escada. Bebi dois copos de leite e cirandei um pouco pela casa. Não tinha vontade de comer, embora não tivesse almoçado.

Quando Cassino chegou, levei-o para a sala de estar.

— Queres beber?

— Uísque — disse ele.

Quando lhe passei o copo para as mãos, ele disse: — A coisa aquece, «Califa». A polícia de Frisco já tem o cadáver.

— É natural — disse eu.

— Agora devem começar a farejar em tudo quanto dizia respeito a Bolero. Devem encontrar bastantes pistas e vão dispersar-se por coisas que não interessam.

— Pois — disse eu.

— Conseguiste falar com ele antes de…?

Interrompeu-se, como se tivesse medo ou repugnância da palavra. Olhei-o bem de frente:

— Não sejas sofisticado, Cassino. Não faças de menino de coro no dia da primeira comunhão. Às vezes, não me agradam as tuas reticências.

— Pronto, «Califa», não te chateies. Falaste com ele ou não?

— Falei. Do Nick Collins, nada. Os outros dois são Tony Hernandez, filho de pais mexicanos, e Joe Filippo, um italiano.

— Quanto a paradeiros?

— Segundo Bolero, Hernandez deve estar no México e Filippo aqui, em Nova Iorque. Mas nada de sítios determinados.

Cassino assobiou baixinho.

— Bem, já é qualquer coisa.

— Pois — disse eu. — É provável que nenhum deles use o mesmo nome.

— Que queres dizer?

— O Max não mudou de nome? É possível que os outros tivessem feito o mesmo.

— Ah, pois. É uma hipótese. Mas mudariam de nome só por causa do que aconteceu? O velho Douglas não foi muito explícito no que se refere à importância que o caso tomou. Nem sequer sabemos se os jornais do tempo trataram do assunto. Além disso, o Max talvez tenha trocado Bolero por Gold por qualquer outra razão. Podemos mesmo supor que, no seu cadastro, a brincadeira com a filha de Douglas não passe de um pequeno devaneio comparado com outras tropelias.

— Pois, é possível — respondi. — De qualquer modo, tens de tentar localizar o homem que foi Hernandez, e que não sabemos se ainda continua a ser. México, disse Bolero. Quanto a Joe Filippo, telefonou a Bolero há dias. Telefonou daqui, disse Bolero. Não deve ser impossível localizá-lo.

Cassino acabou de beber o uísque e acendeu um cigarro. Depois disse:

— Nesse caso, estará aqui com outro nome, como tu dizes. Mas talvez seja necessário começar por Chicago para seguir o fio. Talvez seja a melhor maneira de chegar a Filippo, agora Joe-qualquer-coisa.

Levantei-me, peguei no jarro de água e despejei um pouco num copo. Bebi um gole de água e tornei a sentar-me.

— Como foi, «Califa»? — perguntou ele.

— Como foi o quê?

Sorriu e esmagou o cigarro no cinzeiro.

— Bem, a entrevista.

— Com Bolero?

Acenou com a cabeça.

— Decorreu como estava prevista. O Ricky Blake deu-me o número do quarto e depois foi fácil. Esperei vinte e cinco minutos por ele, depois conversámos. E depois meti-lhe duas balas no corpo.

— «Califa», tens nervos de aço.

— Não — disse eu. — Tenho uma úlcera no estômago, uma coisa que me chateia muito.

Cassino fez um gesto com a mão.

— E tens sentido de humor — disse ele, a rir. Imitou a minha voz: — Tenho uma úlcera no estômago. E noutro tom: — Que tal se tem portado ela?

— Mal. Tenho bebido muito leite e ingerido imensos comprimidos. Antes de liquidar Bolero, tive uma crise bastante forte. Mas deixemos isso. Vamos ao que interessa.

— Bem, o Herbie está a apalpar terreno e agora vou informá-lo dos outros dois nomes.

— Não estarás a exagerar, colocando tudo nas mãos de Herbie? — perguntei.

— Não, «Califa» — disse ele, tornando-se subitamente sério. — Herbie é o nosso único ponto de apoio válido. Tão independente como tu. Qualquer outro, o Sonny Craig ou o Little Gregg, têm contactos com o Sindicato. Utilizá-los é virar uma arma contra nós. Só o Herbie interessa.

— Eu sei que o Herbie é bom. Que tem uma rede própria, tecida nas costas do Sindicato. Acho muito bom que o utilizes. Mas só quero saber se tem estofo para guardar um baú de informações.

— Sabes bem que sim, «Califa». De resto, já é a terceira vez que o Herbie trabalha com a gente. Em Cleveland…

— Não faças história, Cassino — pedi eu. — Tem dado sempre resultado, já sei, mas gosto de ser cauteloso.

Cassino sorriu:

— Acho bem. Nem sempre acho mal que tivesses tocado no assunto. E se tiveres alguma ideia melhor, diz.

Levantei-me outra vez e bebi outro gole de água.

— Não, não tenho outra ideia. A questão é que o comboio já começou a andar e tens que meter carvão. Saber depressa onde estão os outros três. Com Herbie ou sem Herbie

— É disso mesmo que se está a tratar, «Califa».

Ficámos uns momentos em silêncio. Cassino olhou para mim demoradamente e perguntou:

— Que tens?

— Nada. Estou um pouco mal disposto — disse eu.

— A úlcera?

— Não sei. Talvez.

— Bem, vou-me embora.

— Pois — disse eu. — Também vou sair esta tarde. Vou ao meu livreiro buscar umas coisas que encomendei. Se tiveres alguma coisa para mim, telefona-me depois do jantar.

Tinha necessidade absoluta de estar sozinho. Enquanto me vestia, comecei a pensar no caso, revendo mentalmente tudo o que se tinha passado e fazendo conjecturas sobre o que se seguiria. Preocupava-me o facto de estar a aparecer gente de mais. Herbie, Ricky Blake. Mas não havia outra maneira de resolver o problema. Importante era não atiçar o Sindicato. Lembrei-me do rosto gordo e branco de Charlie di Luca, o dente de ouro aparecendo no seu gesto peculiar de mexer a boca para a esquerda. «Tenho que proteger os meus rapazes». Pois, os seus rapazes, os que dormiam com ele. «Diz a Maynard que só há um patrão na cidade» — gritara ele para Johnny Arteleso quando do caso do senador Haynes. «Maynard, Maynard, Maynard, a independência pode custar-te a vida». Pois, era uma chatice. Isto de um homem ter um bolo à sua frente e ficar só com uma fatia, oferecendo o resto a um Charlie di Luca, só porque Charlie di Luca tem cinco meninos imberbes e psicopatas a deitarem olhos verdes e frios às pessoas, podia ser para um qualquer, mas não para Maynard. Depois, o pacto. «Autorizo Maynard a fazer sozinho o seu jogo, mas que não meta nenhum grão na máquina». E a confissão de May Swet Davis, arregalando os olhos para mim: «Maynard, o Charlie tem medo de ti. Quis fazer de papão, mas tem medo de ti». Pois, mas tinha um exército com armas na mão, era só dar sinal.

Acabei de me vestir e deixei de pensar no Sindicato. *Merda para o Sindicato.* O que tivesse de ser, seria, com a condição de Charlie não cobrar um dólar do dinheiro que eu ganhasse. Saí de casa. Corria um vento fresco, de fim de tarde. Meti-me num táxi e fui à livraria. Gastei quinhentos dólares numa excelente edição do *Kama Sutra*, num livro de Conrad que já perseguia há três anos e numa curiosa biografia de Pollock, com reproduções. Andei de autocarro com os embrulhos porque, subitamente, apeteceu-me olhar para a cara das pessoas. Entrei numa farmácia e comprei comprimidos. Finalmente, fui jantar a um pequeno restaurante da 24.ª Avenida. Quando acabei de jantar, telefonei para Cassino:

— Olha — disse eu. — Não me telefones para casa. Acabei de jantar e vou ao teatro.

— Ok. — disse ele. Aliás, ainda não há nada.

— Pois — disse eu. E desliguei.

Fui ver a velha opereta de Rodgers e Hammerstein, uma coisa cansativa, com um tipo que cantava muito mal e uma tipa que representava aceitavelmente. Saí no fim do segundo acto, recolhi os embrulhos que tinha mandado guardar no bengaleiro, chamei um táxi e fui para casa.

Não passei a noite lá muito bem. Levantei-me duas vezes, a segunda para beber leite. Só quando a manhã estava a chegar, peguei realmente no sono. Dormi até às 10 horas. Quando me levantei, olhei para o espelho e não gostei muito da minha cara. *É isto de estar à espera, Maynard. Isto de estar à espera nunca te fez bem.*

Prometi a mim próprio que, quando acabasse este serviço, iria três meses para longe, longe, longe. Sem Cassino, sem Charlie, sem Sindicato, sem silenciador na arma, sem arma. Bem, sem arma, talvez não.

E com Olga.

SEIS

Olga tinha a cabeça deitada no meu peito, os cabelos espalhados à frente dos meus olhos.

— Olga.

— Sim, querido.

— Vou-me embora.

Levantou a cabeça para me olhar.

— Já?

— Pois.

— Mas há três semanas que não te via.

— Pois — disse eu. — Tive o desejo súbito de ver-te e vim. Mas tenho de voltar para casa. Estou à espera de um telefonema.

Passei-lhe logo a mão esquerda ao longo das costas e fechei os olhos. Era seda.

— Quando acabas com isso, Maynard?

— Não sei. Ninguém sabe.

— Um dia, acabam contigo.

Sorri, ainda de olhos fechados.

— Acabamos todos um dia.

Ela meteu-me a mão esquerda debaixo do braço direito e apertou-me o ombro com os dedos, chegando-se mais a mim.

— Preferes que eu não fale nisto?

— Pois — disse eu.

— Talvez tenhas razão — disse ela, baixinho. Havia talvez uma nota emotiva na sua voz. — Mas há três anos que isto não muda. Vejo-te uma tarde, deixo de te ver durante um mês. Não podias, realmente, deixar tudo e ir viver comigo para longe?

— Já falámos nisso.

— Mas é dinheiro que queres, Maynard? É o dinheiro que te obriga a fazer isso? Sabes que eu tenho dinheiro...

— Vou-me embora, Olga. — Tentei sair da cama.

— Não. Espera.

Fechei de novo os olhos e deixei passar tempo.

— Querido.

— Sim?

— Fala.

Comecei a falar. Falei muito, abordei imensas coisas, como fazia sempre que estava com ela. A certa altura, disse-lhe:

— Daqui a uns tempos vamos ter umas férias. Vou levar-te para qualquer local longe daqui.

— Porquê? — Perguntou ela, levantando a cabeça. Havia receio nos seus olhos. — Que vais fazer agora?

— Um trabalho.

Ela voltou a pousar a cabeça no meu peito.

— Agora vou-me embora.

— Ainda não — disse ela. — Fica mais um bocadinho.

Passei-lhe os dedos pela nuca e desci depois a mão até à cintura. Ela cingiu-se mais a mim. Ficámos assim alguns minutos até que comecei a sentir formigueiro nos dedos. Rolámos na cama e fizemos uma bela viagem, a segunda daquele dia, talvez sentados em nuvens brancas, como dizem os maus poetas românticos. Fiquei depois algum tempo de olhos fechados e quando vi que Olga dormia, saí da cama cautelosamente para não a acordar.

Vesti-me rapidamente e em silêncio, beijei-a ao de leve e saí. Quando cheguei a casa, o telefone tocava. Levantei o auscultador.

— «Califa»? Estou a ligar para ti há duas horas — disse Cassino.

— Pois — disse eu. — Saí. O que se passa?

— Já temos qualquer coisa sobre o Hernandez. Há cinco anos, em Detroit, houve um barulho em que ele esteve envolvido. Um caso de jogo ilegal. A informação dada por «Baby» Sandy, a garota de Harris, o «bookmaker». Mais tarde, soube-se que tinha partido para El Paso. Herbie já mandou tratar do assunto no México. Confirma-se o que te disse Bolero.

— Preciso de um passaporte falso se o localizarem no México — disse eu.

— Não te preocupes. Trata-se disso de um dia para o outro. Se o Herbie receber o telegrama que espera, é natural que amanhã à noite partas para o México. Continua em casa.

Desliguei e mandei-o à merda em pensamento. «Continua em casa». *Bem, calma, Maynard. As coisas são assim, não podem ser de outra maneira.*

Dei uma volta pela casa e fui sentar-me em frente da janela com um copo de leite na mão. *Olga.* Gostava de fechar os olhos quando estava com ela ou quando pensava nela. *Bem, Olga, prometo-te três meses de felicidade. É muito tempo de felicidade com um assassino profissional.*

Então, Maynard, não sejas melodramático. Bebe o leite e deixa de falar para dentro. Vai mas é tratar das coisas, que amanhã, possivelmente, é o México.

Coloquei no gira-discos a *Sinfonia do Novo Mundo*. Nem a ouvi, porque estava longe, a vogar entre reminiscências. *Ora bem, tenho de tratar do assunto e voltar no mesmo dia.* Tequilla, *calor,* señor, señorita, *o raio que os parta.* E teria de falar com Hernandez. Precisava de saber coisas, mais coisas.

A música parou e pedi desculpa a Dvorak pela minha ausência. *Ponho a outra face. Não. Ponho a mesma. Não ouvi nada.* A «Sinfonia» encheu a casa de som. Fechei outra vez os olhos. *Olga.*

E Joe Filippo, aqui, em Nova Iorque? E esta?

Recebi nova chamada de Cassino dois dias depois, numa manhã de quinta-feira. O tempo estava mais quente. Aparecera uma vaga de calor, a anteceder a chegada de Junho. Nova Iorque parecia derreter-se ao sol.

— «Califa» — disse Cassino —, Tony Hernandez é agora, simplesmente, Antonio Hernandez. Não está em El Paso. Está em Tijuana. Herbie deu-nos ontem todas as informações. Paguei-lhe, até agora, 1500 dólares.

— Pois — disse eu.

— Irei esta tarde a tua casa. Levo-te tudo o que é necessário. Que transporte queres utilizar?

— Levo o teu carro.

— Ok. Vou ainda tratar da carta de condução com o mesmo nome do passaporte.

Cassino chegou às três horas. Tinha suor no lábio superior.

— Uf, está quente — disse ele. E começou a tirar papéis da algibeira.

Passou-me para as mãos um passaporte em nome de Fredric Faith, comerciante e uma carta de condução passada no mesmo nome.

— O homem está em Tijuana — disse ele. — Casou com uma mexicana com «massa». Está habitualmente numa herdade, logo à saída da cidade. Já está estudada a maneira de voltares. Depois do trabalho, diriges-te ao bar «Pancho Marinero», no porto. Aí, serás transportado num gasolina para um barco ao largo que te levará a Los Angeles. Regressarás aqui sem teres de passar pela fronteira, pois pode haver chatices.

— E o carro?

— Deixa-o ficar no cais. Um homem de Herbie, que irá com ele, tomará conta do carro. Mudar-lhe-á a matrícula e metê-lo-á de novo nos Estados Unidos.

— Data e hora?

— O encontro no bar está marcado para a próxima terça-feira, ao fim da tarde, no «Pancho Marinero». Irão três homens e um deles vestirá camisola e calça branca e boné azul, para tua identificação. De resto, conheces Herbie.

— Pois — disse eu. — Espero tratar do assunto no dia em que chegar a Tijuana.

— Muito bem — assentou Cassino. — Vai à Herdade de Santa Cruz. É propriedade de Rosa Garcia Aguero, agora casada com Hernandez. Chamam-lhe «señor» Antonio — disse com um sorriso. — Tem muitos «gringos» a trabalhar com ele. Bem, tu sabes, touros, vacas e isso tudo.

Ficou subitamente sério e observou:

— É capaz de não ser fácil apanhá-lo. Quero dizer: com aquela gente toda na herdade. Achas que seria melhor…?

— O quê? — perguntei.

— Bem, ir alguém contigo para uma ajuda. O Pat «Dime», por exemplo. É só uma ideia…

— Cassino — disse eu — não metas mais ninguém no embrulho. Qualquer dia este caso está tão cheio de gente como um vagão nazista na solução de problema judaico. Já não estou a respirar muito bem. Preciso de espaço para me movimentar e não gosto de clubes.

— Bem, era só uma ideia — repetiu ele — e a gente que utilizámos até agora…

— É indispensável, bem sei — interrompi — e o Herbie é de toda a confiança e et cetera, mas está a aparecer gente por todos os lados e não vamos transformar isto numa festa.

Cassino olhou para mim de testa franzida.

— Estás a exagerar.

— Pois — disse eu. — Sei que estou a exagerar, mas só te queria dizer que resolverei sozinho o caso Hernandez.

— Está bem.

— Pois está. Não sei bem como vou fazer. Só depois de chegar a Santa Cruz e ter o Hernandez ao alcance, resolverei. Mas resolverei mesmo, como sempre faço, e sozinho. Interessa é estar o gasolina à minha espera. A propósito, o cais não dá muito nas vistas? O movimento, etc.…

— Não. Foi escolhido pela sua excelente posição. Está muito abandonado. É o melhor local para isto.

— Pois. Mas eu queria uma planta, para não andar às cegas, a fazer perguntas.

Ficámos calados quase um minuto. Depois, Cassino disse:

— Está bem. Amanhã dou-ta. Vou pedi-la ao Herbie. — E passou a mão pelo cabelo lustroso.

Não respondi. Cassino deixou passar quase outro minuto antes de dizer:

— Estás muito cauteloso, «Califa». Excessivamente cauteloso. Não é que tenha importância mas estou a ver-te, não sei,
talvez nervoso…

— Pois — disse eu. — Vou daqui a Tijuana matar um homem que nunca vi e depois regresso a assobiar «When the saints
go marching in».

Cassino baixou a cabeça e ficou a olhar pensativamente para
o chão. Perguntou:

— Que se passa, «Califa»? Há alguma coisa errada?

Encolhi os ombros e olhei para o tecto.

— Não.

Continuou sem me olhar:

— Estás cansado de trabalhar comigo? Pareço-te desleixado
ou qualquer coisa assim?

Não respondi imediatamente. Só passado muito tempo é
que disse:

— Não. Não é nada. É talvez a minha úlcera, talvez o calor,
talvez isto de negociar com a morte todos os dias, talvez olhar
para o espelho e ver a velhice a espreitar, do lado de lá.

— Compreendo. Eu também sinto um pouco o mesmo.

Olhei-o e foi como se o tivesse visto pela primeira vez depois de muitos anos: as rugas desenhadas nos cantos da boca, a
pele flácida por baixo dos olhos de um castanho baço, a gordura
acumulada no pescoço e um halo de tristeza, ou de cansaço, a
envolver-lhe a figura.

— Cassino — disse eu.

— Sim?

— Estamos a ficar nervosos. Tudo está certo, tudo tem estado certo até agora e nós é que estamos a ficar parvos.

Ele abriu a boca num sorriso largo:

— Pensar nas coisas é chato.

— Pois — disse eu. — Não devemos remexer no pensamento até fazer nele uma ferida. Eu pensei um bocado em voz alta, mas foi como se tivesse cuspido veneno e já me sinto melhor. Pensar, só na dose certa. Agora, quero que me tragas a planta amanhã.

— Combinado.

Levantou-se e dirigiu-se para a porta:

— «Califa» — disse, voltando-se.

Olhei-o. Sorriu outra vez:

— Isso de leres ajuda-te alguma coisa?

— Não sei. Provavelmente, não.

— És um pouco estranho, «Califa». As coisas em ti parece que são as mais profundas.

— Lérias, rapaz.

Encolheu os ombros e ainda disse:

— Bem, não sou forte em filosofia. Até amanhã.

Saiu e fechou a porta. Olhei para o passaporte e para a carta de condução. *Bem, Maynard, emissário dos ódios intactos,* que viva Mejico!

Disse isto a mim próprio e não gostei. Achei que era um pensamento demasiado literário.

SETE

Parei o carro junto à bomba de gasolina e disse ao empregado da estação de serviço:

— Encha o depósito.

— *Que quiere usted, señor?* — perguntou-me o homem baixo e atarracado, com um bigode negro a cobrir-lhe todo o lábio superior.

Fiz sinais e concluí com uma palavra:

— Gasolina.

— *Muy bien, señor.*

Saí do carro e dirigi-me ao bar próximo da estação de serviço. Uma rapariga e um homem gordo, de idade, estavam do lado de dentro do balcão. A rapariga aproximou-se, sorrindo para mim.

— Fala inglês? — perguntei.

— *Un momento, señor.*

Aproximou-se do homem gordo e velho e disse-lhe qualquer coisa que não percebi. Ele meneou a cabeça e veio ter comigo.

— Que deseja, *señor?*

Falava um inglês com sotaque mexicano, mas compreensível.

— Quero água mineral — disse eu — e gostaria de consultar uma lista de telefones de Tijuana. A quantos quilómetros estamos da cidade?

— Vinte, *señor.*

Trouxe-me a água e uma lista telefónica. Sentei-me numa mesa um pouco afastada do balcão e procurei o nome de Rosa

Garcia Aguero. Encontrei-o. A morada confirmava-se: Herdade de Santa cruz. Registei o número de telefone num papel, paguei e saí.

Meia hora depois estava em Tijuana. O sol caía a pino e as casas brancas, brilhantes, irradiando uma luz crua, faziam-me doer um pouco os olhos. Tirei o lenço da algibeira e limpei o suor da testa.

Arrumei o carro numa rua com sombra e dirigi-me a uma cabina telefónica. Marquei o número e uma voz de mulher respondeu do lado de lá.

— O *señor* Antonio Hernandez está? — perguntei.

— *No, señor. Estará a las tres* — disseram-me.

— *Gracias.*

Desliguei e olhei para o relógio: duas horas e dez minutos. Voltei para o carro, liguei o motor e dei meia volta pela cidade. A certa altura, entrei numa confeitaria, bebi um copo de leite e comi uma sandes de presunto. Quando olhei para o relógio eram três horas e cinco minutos. Saí, procurei outra cabina telefónica, liguei e respondeu uma voz de homem.

— O *señor* Antonio Hernandez, por favor.

— *So yo. Quien habla?*

— Um amigo — disse eu, em inglês. — Gostaria de falar consigo. É um assunto muito importante.

Fez-se silêncio do outro lado do telefone. Naturalmente, Hernandez estava na defensiva.

— Mas quem fala?

— Já lhe disse: um amigo. Não me conhece, mas vim mandado por alguém que o conhece bem. Trata-se de uma história que se passou há oito anos e a que você esteve ligado.

— Que história? Mas que deseja? — o tom da sua voz era pouco seguro.

— Algo que seria melhor para si que estivesse definitivamente esquecido — disse eu. — Infelizmente, não acontece assim. Alguém está a desenterrar a história. E eu fui mandado cá para o ajudar.

Passaram alguns segundos. Finalmente, ele disse:

— Para me ajudar? Não pode ser mais explícito?

— Posso, naturalmente — disse eu, colocando uma nota de impaciência na minha voz. — Sabe, decerto, a que me refiro e pode calcular que não é assunto para se tratar pelo telefone.

— Há oito anos, diz você — observou Hernandez. — Não faço ideia do que seja.

— Bem — respondi — trata-se de uma paródia que saiu cara. Dir-lhe-ei um nome: Katherine Douglas.

Esperei que a informação fizesse efeito. Depois, ele perguntou:

— E o que pretende você agora?

— Pôr uma pedra sobre o assunto.

— Como?

— De uma certa maneira hábil. Explicar-lhe-ei quando nos encontrarmos.

— Mas... — fez uma pausa — você é da Polícia?

— Não. A sua sorte é essa.

— Não percebo — disse ele.

— Bem, posso fazer o seguinte: desligar, ir-me embora e mandar o assunto à fava. Você depois governa-se.

— Espere — disse ele com certa ansiedade na voz. Quase o ouvia pensar do outro lado do fio. — Vem fazer chantagem?

— Você nem sabe como o preço é barato — respondi. — Alguém vai pagar por si para que a história continue enterrada.

— Quem é esse amigo?

— Depois lhe direi. Agora: encontra-se comigo ou não? Diga já, porque tenho pressa e não estou particularmente interessado em fazer um favor a alguém contra sua vontade.

— Espere — voltou ele a dizer. — Onde está?

— Numa rua de Tijuana — disse eu.

— Tem carro?

— Pois.

— Então — disse ele — atravesse a cidade para o sul, entre na estrada, vire no primeiro caminho à esquerda e pare junto do letreiro que diz «Herdade de Santa Cruz». Encontrar-nos-emos aí dentro de meia hora.

— Muito bem. Mas ouça: não pense em brincadeiras. Espero que venha sozinho e que não lhe passem ideias pela cabeça.

— Não — disse ele. — Sei perfeitamente o devo fazer. Mas aviso-o de que não levo dinheiro.

— Quem é que quer o seu dinheiro?

Ele ficou uns segundos calado. Depois perguntou:

— De que marca é o seu carro?

— Um «Ford» preto.

— Diga-me o seu nome.

— Oiça, amigo — respondi — se continuamos assim, não fica nada para dizer quando nos encontrarmos.

— Está bem. Até já.

Desligou. Saí da cabina. Estava a suar abundantemente. Limpei o rosto com o lenço, atravessei a rua e dirigi-me para o carro. Tirei o silenciador do estojo, coloquei-o na arma e guardei-a no porta-luvas. Liguei o motor e abri mais a janela. Uma brisa agradável correu-me pelo rosto.

Vinte minutos depois parei junto ao letreiro que me indicara Hernandez. Arrumei o carro na sombra de umas árvores, num óptimo local para observação: à minha frente, o caminho poeirento, prolongando-se talvez por dois quilómetros até se perder no meio do arvoredo, onde se distinguia uma chaminé à esquerda, e à direita, largos descampados, com uma casa ou outra ao longe. Não se via vivalma.

Atrás de mim, na estrada, passaram dois carros. Olhei para o relógio. Passavam três minutos da hora marcada por Hernandez. Limpei outra vez o suor da testa, dei mais uma vista de olhos em redor, abri o porta-luvas e passei a mão pela arma num gesto maquinal. Fechei de novo o porta-luvas e esperei. Cinco minutos depois, um ponto negro ao longe começou a avançar para mim. Quando estava a cem metros, abri outra vez o porta-luvas e peguei na arma, colocando-a sobre os joelhos: um homem de rosto tisnado e chapéu largo vinha num carro. Parou a vinte metros de mim. Ficámos uns segundos a olhar um para o outro. Depois, fiz um breve sinal com a mão esquerda. O tipo saiu do carro e eu pude ver uma figura entroncada e alta.

— Antonio Hernandez? — perguntei.

— Sou eu — disse ele.

E não disse mais nada. Alvejei-o pela janela do carro. Acertei-lhe no coração. Podia ter-lhe perguntado coisas, mas ele não devia saber nada que interessasse e eu estava farto de calor e de poeira. E, ainda por cima, a moinha no estômago.

Fiz marcha atrás, meti o carro na estrada, olhei mais uma vez à minha volta e arranquei. Hernandez ficara estendido ao sol, de braços abertos, na poeira do caminho.

Trinta minutos mais tarde arrumei o carro num beco próximo do porto e procurei o bar «Pancho Marinero». Um deles era Herbie. Cassino não viera. O mais alto, um tipo anguloso chamado Bruno, ficou incumbido de ir buscar o carro e metê-lo, por outras vias, nos Estados Unidos. Eu, Herbie e um tal Raoul, que me foi apresentado como o dono do barco que nos transportaria a Los Angeles, metemo-nos num gasolina e, ao princípio da noite, já estávamos embarcados numa espécie de iate chamado *Sea Star*.

A viagem foi óptima, apanhei banhos de sol, havia a bordo leite em pó e metade do contrato com T.R. já estava cumprido.

O telefonema chegou na manhã do dia seguinte ao do meu regresso a Nova Iorque.

— Peter?

Reconheci imediatamente a voz de Johnny Arteleso.

— Sim, meu velho. Como estás?

— Óptimo. Ouve, Peter, preciso de falar contigo.

— Quando?

— Já.

— Onde?

— Vem a minha casa.

— Está bem — disse eu.

Tomei duche, barbeei-me, vesti-me e comecei a pensar no que poderia querer Johnny. Pelo ar dele, tinha de ser importante. Johnny seria, talvez, o meu único amigo verdadeiro, até onde era possível supor que a amizade estivesse para além de todas as coisas. Tínhamos sido companheiros no Reformatório, depois de preso o bando a que ambos pertencêramos e que fizera tropelias em East Side. Johnny era um tipo sensível, agradável, muito inteligente e a nossa amizade nascera de um convívio fácil entre nós, de um ajustamento de personalidades, pois tanto eu como ele, víamos, ou julgávamos ver, mais longe do que os outros, com outra agudeza ou outra dimensão. Depois de sairmos do Reformatório, cada um seguiu o seu caminho, mas a amizade persistiu. Escrevera-me algumas vezes de Detroit, depois perdi-lhe completamente o rasto e fui reencontrá-lo como braço direito de Charlie di Luca, no Sindicato. Muita gente dizia que se Charlie me deixava viver, era por influência de Johnny Arteleso. Várias vezes tive a confirmação da cobertura que Johnny me fazia, especialmente nos períodos em que o Sindicato fazia limpeza, como se dizia. Johnny era de uma brandura admirável, nunca pegara numa arma e a sua entrada no Reformatório fora uma espécie de equívoco que, mais tarde, por capricho do destino, deixou de o ser. Exercia o controlo dos bares e dos *dancings* ligados ao Sindicato, era os miolos de Charlie, o seu medianeiro e o seu sistema nervoso. Bem no fundo, desprezava o meio em que vivia, como desprezava quase tudo, mas talvez só eu, por pensar no seu comprimento de onda, tivesse a verdadeira noção da profundidade desse desprezo. Passava o tempo a limar as unhas e a pegar em telefones.

Abriu-me a porta e levou-me para o escritório. Já não o via há três ou quatro meses. Tinha o sorriso ligeiramente forçado de sempre, à Monty Clift, o peso ideal para a altura e as costas um pouco curvadas, que lhe ficaram do jeito de olhar para o chão.

— Senta-te, Peter — disse ele. — Como vai a úlcera?

— Mal — disse eu.

— Porque não fazes operação a isso?

Encolhi os ombros. Johnny sentou-se frente a mim, olhou-me com olhos graves e disse:

— Isto está a ficar mau. O Charlie queria mandar buscar-te, mas eu disse que falava primeiro contigo.

— Então, fala.

— Sério, Peter. A coisa não é de cá. O Charlie está a ser forçado por Eddie Piano, o «boss» de Frisco.

— E como é que me chegam às botas, posso perguntar?

— Foi esse caso do Max Gold. Deu chatice em Frisco. A polícia apertou com muita gente, remexeu como o diabo e o momento era muito mau para o Sindicato. O Eddie Piano estava nas melhores relações com gente que lhe interessava, mas apareceu o corpo do tipo e foi como se explodisse uma bomba. Estás a ver: eles têm controlo de tudo. E um dia, sem saberem, aparece morto esse Max, que ainda por cima fizera uns pequenos trabalhos para o Sindicato.

— Essa é boa — disse eu. — Mas gostava de saber o que tenho eu a ver com isso.

— Ouve — disse Johnny, com uma espécie de paciência paternal. — O Eddie Piano aguentou a coisa uns dias, até conseguir informações. Apanhou o Ricky Blake.

Ficámos uns momentos a olhar um para o outro. Mas mantive-me na defensiva, porque Ricky Blake era uma figura que desembocava em Herbie. Não me conhecia.

— E depois? — perguntei.

— Não sejas chato, Peter.

Eu sabia que estava a ser chato, mas não disse nada. Já agora, queria saber tudo, antes de dizer qualquer coisa que valesse a pena.

— Claro que o Ricky Blake falou mesmo — continuou Johnny — e disse que a coisa vinha de Nova Iorque. É um dos rapazes do Herbie Lawson. Foi então que o Eddie Piano chateou o Charlie. Já sabes que o Herbie está mais ou menos bem defendido, mas não sei se o Charlie lhe perdoa esta. O Eddie Piano está cá e disse a Charlie das boas. Que iam gajos daqui para Frisco matar pessoas, talvez até com cartões de cumprimento do Sindicato e não sei que mais.

Johnny calou-se, tirou a lima da algibeira do casaco, começou a limar as unhas e a dizer:

— Claro, estou a contar-te uma história que tu já sabes. Mas é preciso contar-te, que é para saberes como a coisa está.

— Pois — disse eu. — Ouve: Johnny, conta o resto que é para eu saber tudo.

Olhou para mim, levantando os olhos sem mexer o rosto:

— Tenho uma vaga impressão de que já te contei de mais. Isto é o que está apurado, mas é quase certo que o Charlie nem te vai dizer vinte e cinco por cento disto.

— Pois — disse eu. — Se for falar com ele, não sei nada de nada.

— Bem — continuou Johnny, largando as unhas por um momento — não sei o que se passou com o Herbie, se o apanharam ou não, mas a verdade é que o Herbie será só um parafuso da máquina. O Sindicato sabe dos seus pequenos serviços — e sabe que ele tem trabalhado para ti. É aqui, meu rapaz, que tu entras no quadro.

Herbie tinha regressado comigo de Tijuana e era pouco provável que já o tivessem apanhado. Mas não tinha a certeza, evidentemente.

— Johnny — disse eu — isso do Charlie fazer deduções com os seus miolos de galinha e chegar até mim é um pouco forte.

— Vê lá se percebes a situação, Peter — disse Johnny, debruçando-se para a frente. — O Sindicato sabe, mais ou menos, os passos dados pelos independentes da cidade. De resto, são pouquíssimos, se não contarmos com os desastrados que caem a torto e a direito na valeta. Por exclusão de partes e pelas ligações de Herbie, foi fácil chegar a ti e a Cassino.

— E pedem a minha cabeça — disse eu.

— Não será bem isso e não sejas chato — voltou a dizer Johnny. — Mesmo Cassino não é o motor do caso. É um peão do jogo. Estás a pagar pelo teu prestígio, Peter, pela tua irreverência, por isso tudo que tem chateado Charlie. E o Eddie Piano também já tinha uns zunzuns dos teus choques com o Sindicato.

— Bem — disse eu —, queres que te diga a ti se matei o Max Gold ou queres que lhe diga a eles?

— Se me disseres ou não a mim, é igual. Com eles é que tens de te arranjar.

— Bem, então digo-te a ti. Liquidei o Max Gold. E agora?

— Agora, trampa para isto. Vamos tentar arranjar maneira de te safares. Como já te disse, tenho que te levar lá. Eu disse que falava primeiro contigo, mas comprometi-me a levar-te lá. A reunião é com o Eddie Piano.

Percebi mais uma vez que Johnny estava a tentar escudar-me. Se a coisa fosse só com Charlie, uns panos quentes chegariam. A vinda de Piano a Nova Iorque é que estava a complicar tudo.

— Ouve, Johnny — disse eu — se vou lá para acabar por receber uma bala ou para ser despachado por Piano para a polícia de Frisco, isso não pode ser.

— Pois não — disse ele, encostando-se para trás e voltando a pegar na lima que tinha guardado no bolso. — Não, isso está posto de parte. Eles querem avisar-te ou qualquer coisa assim.

Levantou-se, começou a passear, parou na minha frente a bater com a lima num dedo e começou a dizer pausadamente, olhando para longe:

— Bem, eles não te vão dar uma medalha. Mas o Charlie mostrou-se conciliador quando eu disse que falava contigo. É provável que apareça a velha história.

— O quê? Eu a ficar ligado ao Sindicato?

Johnny acenou afirmativamente com a cabeça.

— Não, Johnny, não voltemos à mesma. Isso já é uma questão de teimosia. Quero que o Sindicato se lixe.

— Também eu. Mas é preciso ir-se vivendo, não é, rapaz?

Deixámos passar quase um minuto sem dizer palavra. Depois, pedi-lhe um copo de água. Quando me entregou o copo, disse:

— Bem, podes esperar pelo que eles disserem. E depois resolves.

— A reunião vai ser uma chatice, Johnny — disse eu. — Uma grande chatice.

— Pois vai, mas tem de ser.

Ficámos a olhar um para o outro. Depois, sorri:

— Meu trapaceiro de uma figa — disse-lhe — devias ser mandado para Pequim como embaixador. Entretanto, diz lá: onde e a que horas?

— Vai ter logo à noite comigo ao Fox Bar. Pelas onze horas.

Saí, fui a um restaurante e telefonei a Cassino depois do almoço. Combinámos encontrar-nos em minha casa às três horas.

Quando Cassino chegou, vi logo na cara dele que trazia notícias.

— Apanharam o Herbie, «Califa» — disse-me ele. — Não o chatearam muito, mas obrigaram-no a desligar-se de nós. Não podemos contar com ele para o resto.

Acendeu um cigarro e continuou:

— Já sei que trataste do assunto em Tijuana. Chegaste a falar com o Hernandez?

— Falei de coisas sem importância. Não soube nada quanto aos outros. Nem lhe perguntei.

— De resto, dificilmente ele saberia qualquer coisa — observou Cassino. — Estava já há muito tempo em Tijuana.

— E quanto a Joe Filippo e Nick Collins?

Cassino levantou-se, esfregou a palma da mão direita nas costas da mão esquerda, deu uma longa fumaça e olhou para mim de soslaio:

— Não há nada. Agora, sem o Herbie, vai ser mais difícil. Além disso, o Sindicato está a meter o nariz.

— Pois — disse eu. — Mas temos indicações sobre o Joe Filippo. Que está aqui em Nova Iorque.

— Não há nada, já te disse — insistiu Cassino. — E sobre Nick Collins também não temos qualquer pista. No entanto, tenho gente a procurar em Chicago. São noviços, não sei o que dá.

— Pois — disse eu. — Ouve, Cassino: não vamos deixar ficar isto em meio. Não pode ser.

— Pois não — disse ele, passados momentos. — Como te disse, espero notícias de Chicago. Se não houver nada, entramos os dois directamente no caso. Que diabo, havemos de encontrá-los.

Sentou-se numa cadeira, esmagou o cigarro no cinzeiro e perguntou a meia-voz:

— Sabes alguma coisa do Sindicato?

— Umas coisas. Mas isso não interessa agora. Não fiques nervoso.

— Não estou a ficar nervoso. Era só para saber. Levantou-se outra vez e perguntou:

— Ficas em casa? Pode vir alguma coisa de Chicago.

— Saio à noite, mas por pouco tempo.

— Bem... — disse ele. — Adeus.

Havia nele qualquer coisa de rato a fugir. Estava cheio de medo do Sindicato. Ouvi-o bater a porta quando saiu e deixei-me ficar quieto, a pensar. *Bem, Maynard, Charlie e os seus bebés estão em cena. Cassino dava tudo para parar aqui. Joe Filippo e Nick Collins são duas bolas de sabão que se desfizeram no ar. E os dois juntos, valem quarenta mil dólares que estão nas mãos de T.R. Douglas. Prontos a saltar.*

Subitamente, lembrei-me de Olga. *Vou ver Olga, janto no «Ricciardi's» e depois vou à reunião dos Confederados. Fico com a agenda do dia completa.*

A temperatura descera um pouco e não me sentia mal do estômago. *Acção, Maynard, acção é que é preciso.*

OITO

Quando saí de casa de Olga, ainda trazia no meu corpo algo do calor do corpo dela. Com um pouco mais de satisfação, sentir-me-ia eufórico.

Jantei razoavelmente, meti-me num cinema, vi um velho filme de John Ford com actores da minha meninice e dirigi-me depois ao Fox Bar. Entrei, aproximei-me do balcão e pedi uma água mineral. O *barman*, um tipo ainda novo e de patilhas olhou para mim como se eu fosse uma tartaruga falante. Foi buscar a água e no momento em que colocou o copo à minha frente, perguntei-lhe:

— Johnny Arteleso está?

Passou imediatamente a uma atitude interessada. Deu um estalido com os dedos, chamando a atenção de um tipo de *smoking* que estava ligeiramente apoiado numa coluna do fundo do salão. O tipo de *smoking* aproximou-se rapidamente e o outro disse-lhe:

— É para *mister* Arteleso — e esticou os queixos para mim.

O tipo de *smoking* quase fez uma vénia e pediu-me para o seguir. Contornámos o bar e ele abriu uma porta à direita. Chamou para dentro:

— Ernie.

Um fuinha de cabelo ruivo, também de *smoking*, espreitou para o meu lado:

— Ahn?

— É para *mister* Arteleso — disse o outro, como quem recita.

— Por aqui — disse o fuinha, desatando a andar à minha frente.

Abriu depois outra porta e disse:

— Faça favor de entrar e esperar.

Fechou-me a porta nas costas e eu sentei-me num dos *maples*. Móveis bem distribuídos, severos, espaço aproveitado, uma boa secretária junto à janela, um cheiro saudável de desinfectante, a contrastar com o ambiente de fumarada do salão.

Esperei dez minutos. Finalmente, apareceu Johnny.

— Olá — disse ele. — Eles já vêm.

— Pois — disse eu. — Tens uma data de tipos de *smoking* a fazerem maratonas.

Sorriu para mim, passou a mão pela cara e observou:

— Estás bem disposto, Peter.

— Estou.

— Bem, calma. Já venho.

Saiu e esperei mais cinco minutos. Senti a porta mexer-se e voltei a cabeça. Ouvi vozes lá fora e então eles começaram a entrar: Charlie di Luca, gordo, de cabelo ralo, mãos brancas e maciças, um charuto na boca, passo pesado; um dos seus bebés, o meu velho conhecido Barney, alto, macilento, desagradável, um guarda-costas eficiente que aspirava aos lugares de comando do Sindicato; e um tipo pequenino, de uns cinquenta anos, com cabelo muito esticado e cara azeda, sapatos extraordinariamente brilhantes, muito senhor de si, com todo o ar de ser Eddie Piano. Atrás deles, entrou Johnny, que fechou a porta.

— Olá, Maynard — disse Di Luca.

— Olá — disse eu.

Mais ninguém falou. Ficámos quase um minuto a fazer uma pequena representação de mímica. Di Luca foi sentar-se na cadeira atrás da secretária, Piano estirou-se languidamente num *maple*, Johnny sentou-se noutro, ao lado dele, e Barney ficou de pé, de braços cruzados e as costas encostadas à parede.

— Maynard, este senhor é Eddie Piano. — Di Luca fez um gesto com a mão, que depois ampliou. — Arteleso e Barney, já conhece.

Piano tinha as mãos à altura da boca, cotovelos assentes nos braços do *maple* e fez um leve sinal de cabeça. Correspondi e olhei de novo para Di Luca. Fiquei à espera.

— Arteleso já falou consigo — disse Di Luca — e espero que compreenda a situação. Já decidimos o que há a fazer. Decerto, você concordará.

Teve um sorriso que fez luzir o dente de oiro. E continuou:

— O caso Gold foi uma maçada para *mister* Piano. Não queremos mais maçadas desse género. Também não gostamos de maltratar as pessoas — teve outro risinho quando disse isto — e você decerto vai ser razoável. Como eu tenho sido razoável consigo, não é, Maynard?

— Pois — disse eu. — Fale claro e de vez, Di Luca.

— Não seja rude, Maynard — disse ele. — Isso não o leva a parte alguma.

Fiquei calado. Di Luca apoiou os cotovelos na mesa e disse:

— Você deixará a cidade até amanhã à noite. Fica proibido de operar em Nova Iorque, Frisco, Chicago, Las Vegas, Dallas, Boston, Los Angeles e Nova Orleães.

— Pois — disse eu. — As cidades da rede do Sindicato...

— E ainda as cidades que julgarmos oportuno incluir nesta lista — cortou Di Luca. — Para já, sai amanhã de Nova Iorque e se operar em qualquer delas arrumamos o assunto de vez.

— Ouça, Di Luca — disse eu. — Não gosto que me falem assim. Ninguém me fala assim há muitos anos e já me desabituei.

Houve uns segundos de tensão. Di Luca apontou para mim com o charuto e disse:

— Sabe que estou a ser razoável, Maynard. Se você quiser, podemos ir mais longe.

— Então, vamos mais longe — disse eu. — Está a tentar meter-me medo, Di Luca? Deixe-se disso.

Johnny levantou-se e meteu-se na conversa:

— É uma tentativa de acordo, Peter. O Sindicato não quer questões.

— Um momento, Arteleso — disse Eddie Piano, revelando uma voz aguda, metálica. — Você, Maynard, levou-me sarilhos para Frisco.

— Histórias, Piano — disse eu. — Não vou a Frisco há muito tempo.

— Herbie falou — observou Di Luca com voz alterada. E apontou-me de novo o charuto. — E vamos acabar a conversa. Se você estiver em Nova Iorque depois de amanhã, é o seu último dia de vida.

— Pois — disse eu. — Quantos garotos me manda você? Menos de meia dúzia é pouco.

Foi a vez de Barney falar:

— Maynard, aposto em como vais fazer o que diz *mister* Di Luca.

— Quanto apostas, Barney?

— Ouve — respondeu. — Nós até podíamos tratar-te da saúde e saber para quem trabalhaste no caso do Max Gold. Cuspias tudo e ficavas nas nossas mãos.

Sorri para ele:

— És tão estúpido, Barney. Sempre foste estúpido.

O tipo encheu o peito de ar e ia dizer qualquer coisa, mas a mão direita de Eddie Piano, de veias salientes e unhas muito bem tratadas, cortou-lhe a palavra:

— Maynard — disse Piano, olhando para mim a direito — o assunto fica arrumado com o que lhe disse Charlie di Luca. Se a partir de amanhã à noite for apanhado em qualquer das nove cidades citadas, quebrou o compromisso e responsabiliza-se por isso.

— Não tomei compromisso algum — corrigi.

— Para nós, há já um compromisso, mesmo que lhe não agrade — continuou Piano, de cara cada vez mais azeda.

— Quer dizer: não posso ir, por exemplo, a Las Vegas, fazer turismo e meter moedas nas máquinas de jogo?

— Nem fazer isso nem qualquer outra coisa — disse Piano.
— A sua presença, mesmo que seja só para visitar museus, é uma quebra de compromisso. E ainda lhe posso dar um conselho: vá para onde for, faça o possível por manter-se sossegado. A agitação que fizer acabará por virar-se contra si.

— Pois — disse eu. Fiz um momento de pausa e continuei.
— Ouça, Piano, vocês estão a forçar a situação. O facto de ter aparecido um Max Gold, morto em Frisco, não pode abalar por

aí além a estrutura do Sindicato. Se ele apareceu morto como vocês dizem, o trabalho não lhes é atribuído porque os vossos processos são outros. O Sindicato não ia oferecer um Max Gold qualquer à Polícia numa bandeja. Não podem ser responsabilizados pelo caso, até porque não há provas contra vocês. Portanto, mesmo partindo da hipótese que vocês apresentam e que é a de ter sido eu o assassino de Gold, a vossa atitude contra mim não se justifica. Direi antes que há outras razões. Melhor: vocês aproveitam a circunstância para tentarem livrar-se de mim definitivamente. Num plano moral, trata-se de coação violenta.

Eddie Piano olhou para Di Luca e ambos pareceram, momentaneamente, intrigados. O *boss* de Nova Iorque franziu o sobrolho para mim e disse:

— Isso é conversa de advogado, ou quê, Maynard? Nós é que sabemos os problemas que temos em Frisco. Isto, de resto, é uma longa meada. Há muito tempo que você nos levanta sarilhos com a sua acção privada. Age como se nós não existíssemos. Ora, Maynard, nós existimos.

— E decidimos que você vai reconhecer definitivamente esse facto — acentuou Piano com um sorrisinho que lhe animou a cara rugosa. — Aceitámos a sugestão de Arteleso de falar primeiro consigo, admitimos que as coisas poderiam ser conduzidas de maneira a conseguir-se um acordo. Repare, Maynard, que há pressões e estamos a fazer de tampão. Se deixássemos correr o marfim, nem teria havido esta conversa.

— Tenho, então, que lhes agradecer — disse eu.

— Mais ou menos, Maynard, mais ou menos — observou Di Luca entre duas fumaças. — Você tem dúvidas, Maynard.

Arteleso, pelo menos, tem-se esforçado para que o Sindicato o poupe.

Johnny sorriu para Di Luca:

— A coexistência pacífica, chefe.

— A coexistência pacífica, interessa-lhe mais a ele do que a nós — continuou Di Luca, apontando-me outra vez com o charuto. — Maynard, esta é a última oportunidade que você tem para viver com a gente em coexistência pacífica, como diz Arteleso. Você parece não apreciar o nosso gesto, o que é muito mau, Maynard.

Barney meteu-se outra vez na conversa, dizendo enquanto olhava para a biqueira do sapato:

— A linguagem que ele percebe é outra, chefe.

— Diga ao seu empregado que vá buscar um copo de água, Di Luca. A conversa não é com ele e o rapaz é estúpido.

Barney ouviu-me dizer isto e teve um sorriso amarelo, mas não tirou os olhos da biqueira do sapato. Piano passou os dedos pela boca e observou:

— Bem, estamos conversados, Maynard. Se quer ou não ter juízo, é consigo.

Levantei-me, olhei para todos um por um, demoradamente, e disse:

— Se não há mais nada a dizer, vou-me embora. Ninguém me acompanha à porta? Tu, Barney, nem sequer serves para isso?

— Faz-me um favor, Maynard — disse ele, continuando de braços cruzados. — Aparece numa das cidades. Aparece.

— Para quê? Para tu não estares lá? — perguntei.

— Maynard — disse Di Luca, levantando-se também e remexendo o seu corpo gordo — a conversa acabou. Já se falou de mais. Adeus.

Voltou-me as costas e Johnny fez-me sinal com a cabeça para eu sair. Abri a porta, fui acompanhado pelo fuinha até à outra porta, depois apareceu o outro tipo de *smoking*, passámos pelo bar, deixou-me sozinho quase à porta e soube-me bem respirar o ar quase fresco da noite quando pisei o passeio. Resolvi andar a pé até onde me apetecesse. Olhei duas vezes para trás, mas não estava a ser seguido. *Bem, Maynard, eles estão a meter lenha no fogão. Deixaste-os cheios de curiosidade sobre o que vais fazer a seguir. Claro, é mais fácil e menos barulhento para eles passarem-te à reforma do que meterem-te duas balas no corpo. Coexistência pacífica, pois. Meu velho Johnny, agora é que estás de mãos atadas.*

Atravessei a rua, pensei em apanhar um táxi, mas desisti e continuei a falar contigo próprio, aproveitando a agradável temperatura da noite. *Nem sabes o que vais fazer, Maynard. Não sabes de Collins, nem de Filippo. Tens que sair de Nova Iorque, ou trocar-lhes as voltas, se cá ficares. Tens um caso em meio, sem futuro que se veja, assassinos confederados atirados às pernas. E o certo é que se te apanham em qualquer ponto da rede, atiram mesmo para matar. A sede de Barney, por exemplo, não é uma sede de água.*

Andei muito tempo até que fui dar ao sítio certo: a porta da minha casa. Tinhas imensas coisas a fazer, mas decidi guardar tudo para o outro dia — dia do exílio de São Maynard.

NOVE

Os meus dois dias em casa de Olga foram muito agradáveis. Ela saiu apenas duas vezes para trazer comida e jornais. Eu só trouxera de minha casa dinheiro, a arma e o silenciador. Fechei tudo à chave, meti-me em três táxis para fazer o percurso para casa de Olga, até ter a certeza de que não me seguiam, ou que tinham despistado quem me seguisse.

Olga fez vários petiscos e passámos imensas horas na cama. Telefonei duas vezes a Cassino, mas não o encontrei.

Na tarde do segundo dia, Olga saiu para comprar leite e o jornal. Comecei a ler as notícias, enquanto enchia um copo de leite. Fiquei com o copo na mão sem mexer durante uns segundos. No meu cérebro, procurava arrumar ideias. Um cabeçalho a três colunas dizia: «MILIONÁRIO ASSASSINADO Theodore Roland Douglas foi encontrado morto, na sua casa de campo, com duas balas no peito e uma na cabeça. O seu criado, Lewis Morrison, foi também morto a tiro depois de espancado. A polícia investiga». Seguia-se a notícia, com muitos pormenores sobre a vida e as actividades de T.R. Douglas, mas nenhuma informação acerca dos presumíveis assassinos. Vagamente, o redactor sugeria a possibilidade de rivalidades nos negócios.

Levantei-me e comecei a andar de um lado para o outro. *Bem, Maynard, não será coincidência matarem agora T.R. Douglas por questões de negócios? Tudo é possível, mas imensamente impro-*

vável. Havia muita coisa a fazer, mas que pode fazer um homem encurralado? Telefonei para casa de Cassino, mas ninguém respondeu. Tentei mais tarde e tive a mesma sorte. O medo tinha-o evaporado.

Peguei no copo de leite, bebi uns goles e continuei a andar de um lado para o outro.

— Que se passa, Maynard?

— Ahn?

— Que se passa?

— Ah… Nada.

Sentei-me num *maple* e Olga veio por detrás de mim, passando-me os dedos pela testa. Depois, começou a massajar-me a nuca.

— Conta, Maynard. Que preocupação é essa?

— Nada — disse eu.

Fechei os olhos e deixei-me ficar assim algum tempo. Os dedos de Olga, passando-me pela nuca, faziam-me bem aos nervos.

— Olga.

— Sim, querido.

— Se eu tiver que desaparecer de um momento para o outro, não te surpreendas. Pode ser mesmo hoje.

— Que queres dizer?

— Isso mesmo. Algumas coisas complicaram-se. Depois de uns momentos de silêncio, ela disse:

— Está bem. Tu é que sabes.

Levantei-me, fui tomar um duche, e depois liguei para casa de Johnny.

— Está? — era a voz de Johnny.

— Daqui, Peter. Ouve…

— Oh, como está? Faça favor de dizer.

Ficámos um momento calados. Depois, ele disse:

— Vou tratar do assunto. Dentro de meia hora já lhe poderei dizer qualquer coisa.

Agradeci e desliguei. Johnny estava com alguém em casa. Dentro de meia hora estaria sozinho. *Bem, Maynard, o que for, soará.*

— Olga.

— Sim.

— Vem cá.

Ela veio, olhando-me nos olhos. Passou-me os braços em volta do pescoço. Beijei-a. Foi um beijo longo, ardente.

— Maynard — disse ela, arfando, de olhos fechados.

Peguei-lhe na mão, levei-a para acama, despi-a e fiquei possuído de uma espécie de fúria amorosa. Três quartos de hora depois levantei-me, deixando-a adormecida, com os cabelos a taparem-lhe o rosto. Fiz a barba, bebi mais um copo de leite e liguei de novo para Johnny.

— Onde estás, Peter? — perguntou ele.

— Aqui em Nova Iorque.

— És louco, positivamente louco. Isto piorou, rapaz.

— Piorou, como?

— Charlie e Eddie Piano foram apertados. És agora o alvo do Sindicato. Foge, Peter, para longe. Já nada posso fazer por ti. Pelo menos, enquanto tudo isto estiver tão quente.

— Mas que se passa?

— Qualquer coisa que me escapa. E não posso perguntar, bem vês. O Barney organizou um grupo de caça. Digo-te que o Charlie Di Luca não está seguro. Quer a tua pele, Peter, que talvez valha a dele. Gente graúda deve ter emitido ordens de execução.

Fiquei alguns segundos a morder o lábio e a pensar.

— Johnny.

— Sim.

— Ouve uma coisa: foi o Sindicato que matou o milionário Douglas?

— Não sei, Peter. Porquê?

— Porque me cheira a isso. Douglas tem qualquer coisa que ver comigo.

— Percebo — disse ele, do lado de lá, lentamente. — Ouve, Peter. Não sei o que se passou, porque anda tudo com cara fechada, murmurando-se o teu nome aqui e além. Tudo deve estar relacionado com uma chamada telefónica que Eddie Piano recebeu ontem de Frisco.

— De Frisco? — perguntei eu só por perguntar, mergulhado em reflexões.

— Peter.

— Ahn?

— Ouve, Peter: porque não foges? Que diabo estás tu a fazer em Nova Iorque? Que podes tu ganhar em desafiá-los neste momento?

— Tenho de acabar um trabalho.

— Aqui?

— Não sei onde. Mas só sairei daqui quando souber que vou para um sítio certo.

— Mas que se passa, Peter? Precisas de dinheiro? É isso?

— Não, meu velho. Não é dinheiro. Agora, já nem é dinheiro. Agora se mataram Douglas por aquilo que eu penso, é disparar primeiro para sobreviver.

Johnny ficou calado. Disse-lhe:

— Johnny, tenho de ir com isto para a frente. Não é a fugir que resolvo o caso. Quem me quer fazer fugir, estará sempre à minha espera ou andará atrás de mim.

— Nem sequer podes ir a qualquer lado seguro durante algum tempo? — perguntou ele. — Pelo menos, enquanto eu tento conciliar as coisas…

— Johnny — disse eu, com voz um pouco alterada. — Estou à espera de uma informação de Cassino para saber do paradeiro de dois homens. Logo que saiba saio daqui, mas para um sítio certo, como já te disse.

— Isso tem alguma coisa que ver com o Max Gold?

— Tem — respondi. — O Max Gold e mais três. Dois ainda estão vivos. Só terei descanso quando encontrar um homem chamado Nick Collins e outro chamado Filippo. Agora, já nem assim devem chamar-se.

— Nick Collins?

— Pois. Nick Collins.

— Johnny ficou calado durante tanto tempo, que a certa altura perguntei:

— Alô?

— Sim — disse ele com uma voz repassada da mais estranha serenidade — Sim, Peter. Estou a pensar e a ver claro.

— Pois — respondi. E apertei o bocal do telefone com a mão direita.

— Há um Nick Collins que é da polícia de Frisco — continuou Johnny, falando muito devagar. — E já vi que isto é mais do que uma informação. É um ferro em brasa.

Fiquei calado, vendo tudo num relance e percebendo como as pedras se ajustavam.

— Peter.

— Sim.

Ouve, rapaz — disse ele. — Faças o que fizeres, desaparece o mais cedo possível. Para a Europa. Para bem longe.

— Frisco, Johnny — disse eu. — Primeiro, vou a Frisco.

— Está bem. Já percebi. Mas mexe-te na sombra, muito na sombra.

— Tenho de ir ainda a minha casa, Johnny. Buscar dinheiro, passaporte e outras coisas.

— Não vás, Peter. Barney andará à procura da tua morada. Suponho que eles irão lá fazer buscas ou esperar por ti.

— Pois — disse eu. — Adeus rapaz.

— Ouve: se precisares de me telefonar, escolhe a parte da manhã. E faz o mínimo de loucuras.

— Está bem.

Desliguei e fui sentar-me numa cadeira, virada para a janela. A noite caía. *Bem, Maynard, faças o que fizeres, tens de o fazer depressa e bem. O amigo Collins deve ter ligado a morte de Bolero à de Hernandez e percebeu que estava incluído na lista. O velho Douglas deve ter falado antes de morrer e Collins carregou no botão: o alvo é Maynard. É de supor, e de supor muito bem, com toda a perspicácia, Maynard, com toda a perspicácia de que és capaz, estar Nick Collins ligado ao Sindicato de Frisco. A visita de Eddie Piano a Nova Iorque ainda não trazia água no bico. Foi depois, Maynard, quando Collins soube da morte de Hernandez, que a caça começou a ser orientada. Talvez procurem também Cassino, mas não querem a vida de Cassino para nada. Não vale um tostão. Querem a tua, Maynard, homem de dedo no gatilho. Collins deu corda a um batalhão de assassinos e eles só param quando tu caíres. Depois de caíres, Collins continuará a tecer a sua grande intriga, protegendo o Sindicato com a sua autoridade de polícia e servindo-se dos Eddie Pianos deste mundo. E da história de uma rapariga que foi violada há oito anos, quem se lembrará? Um homem chamado Nick Collins, a sorrir para dentro, polícia-assassino que mandou meia dúzia de bastardos limpar as nódoas do seu caminho. E ainda há um parceiro invisível. Joe Filippo. Em que buraco estás metido, Joe Filippo?*

O estômago estava a doer-me e fui beber um copo de leite. Olga olhava para mim e eu via nos seus olhos uma interrogação. *Não há nada a dizer, Olga. Não tenho nada para te dizer.*

Mas disse-lhe:

— Vou-me embora logo, Olga. Terás depois notícias minhas.

Despedi-me dela às duas horas da manhã, depois de ter calçado sapatos de borracha, de carregar a pistola e de lhe pedir as chaves do carro.

— Depois de me servir dele, deixar-to-ei à porta.

Ela disse que sim com os olhos fechados. Esperava qualquer coisa como despedida, mas eu sentia febre nas mãos e na cabeça. Só pensava no que tinha a fazer.

DEZ

Arrumei o carro nas traseiras do meu prédio, a certa distância e deixei-me ficar ali, durante um quarto de hora. Saí do carro quando adquiri a certeza de que ninguém me vigiava a casa. Agora, teria de saber se estava alguém lá dentro.

Com os sapatos de borracha senti-me um gato. Com o silenciador na arma, um homem. Contornei todo o prédio, sempre encostado à parede e agachado. Quando cheguei junto da janela da casa de banho, formei um salto e pendurei-me no parapeito. Coloquei a mão direita junto ao vidro, fiz uma ligeira pressão no caixilho e ouvi o estalido do fecho já gasto a soltar-se. Dei um balanço para a frente e entrei na casa de banho. Abri a porta, atravessei o corredor sem fazer o menor ruído e dirigi-me para o quadro de electricidade, colocado ao canto esquerdo do *hall*. Desliguei-o. Senti-me um pouco Raffles na minha própria casa, mas não tinha tempo nem disposição para saborear a ideia.

Se alguém lá estivesse, era no meu quarto ou na sala de estar. Decidi que seria na sala de estar, porque tinha janelas amplas e permitia a visão da rua para quem estivesse à minha espera. O facto de eu não ter ainda ouvido barulho, ou passos, não era motivo para me tirar preocupações. Se havia ordem geral para me liquidarem, procurariam fazer o serviço com a maior eficiência possível.

Empurrei ligeiramente a porta da sala de estar, tirei o sapato do pé direito e atirei-o contra num *maple*. Senti imediatamente um restolhar, seguido do corpo de alguém que passou no meu raio de visão para acender o interruptor. Fez «clique», mas a escuridão manteve-se. Apontei a arma e disparei, o corpo caiu, a cinco metros de mim.

Deixei-me ficar quieto alguns minutos. A certa altura, decidi atravessar para o outro lado da porta, porque não descortinava qualquer sombra ou movimento anormais do lado em que me encontrava. Passei para o outro lado no momento exacto em que ouvi um silvo, devendo a bala ter passado próximo de mim para se perder na parede do corredor. Tirei o outro sapato e lancei-o pelo ar, para dentro da sala. Uma cabeça apareceu atrás de um *maple*, mas desapareceu imediatamente. Fui ao longo do corredor até à porta do fundo e empurrei-a, procurando chamar para ali a atenção do meu visitante. Voltei de novo para a primeira porta, espreitei e vi um vulto a mover-se, embora quase inteiramente protegido pelo sofá. Tive a cabeça dele ao alcance da minha bala, mas o tiro perdeu-se no sofá, a poucos centímetros do seu rosto. O silenciador do meu visitante também se fez logo ouvir, mas o tiro saiu-lhe um pouco ao acaso. Percebi que ele estava a ficar desorientado. Tinha-o encurralado atrás do sofá, mas dificilmente o faria sair dali. Então, abri a porta da rua, ainda sem fazer o menor ruído e tornei a fechá-la, desta vez batendo-a com força. Mas não saí de casa. Fui de novo para o fundo do corredor, na intenção de utilizar a segunda porta. Quase era surpreendido. O tipo vinha a sair por ali e não chocámos um com o outro, porque o vi primeiro e meti-lhe uma bala no corpo.

Ele deu um grito abafado e ainda disparou, mas para o ar. Acabei com ele com um segundo tiro.

Deixei-me ficar ali um pouco, na soleira da porta da sala de estar, ainda atento a qualquer ruído, mas tendo quase a certeza de que o trabalho acabara. Ainda subi ao meu quarto, como medida de precaução, mas verifiquei que os meus palpites tinham saído certos. Voltei à sala de estar, corri as cortinas das janelas, liguei o quadro, calcei os sapatos e vi que o primeiro homem que tinha morto me era desconhecido. O outro, reconheci-o imediatamente, mesmo à distância. *Meu velho e estúpido Barney, isto tinha que se dar.* Estava bem morto, com duas balas metidas no peito e uma cara mais desagradável do que nunca.

Revistei os dois cadáveres e encontrei no de Barney uma coisa curiosa: um bloco-notas com vários nomes, moradas e números de telefones. Lá estava o número do telefone privado de Di Luca, o de Johnny, os de vários bares e *dancings* e outros sem indicação. Mas o que me chamou especialmente a atenção foi o último: o número de telefone de uma *miss* Field, em Frisco.

Saí de casa, fui buscar o carro e arrumei-o junto à porta das traseiras. A hora era ideal para fazer contrabando de cadáveres. Limpei o sangue do tapete, embrulhei as minhas duas vítimas em cobertores e carreguei com elas para dentro do carro. Fui buscar as coisas de que precisava, incluindo passaporte, e conduzi o carro para os arredores da cidade. Quando cheguei a um local sossegado e ermo, com uma vertente ao lado esquerdo, tirei os cadáveres do carro e fi-los rolar por ali abaixo. Meti outra vez os cobertores no automóvel e um quarto de hora depois parei num bairro pobre. Fiz deles um embrulho e coloquei-os numa lata de lixo.

Eram três e meia da manhã e sentia-me cansado. Deixei o carro à porta de Olga e andei a pé dez minutos, até encontrar um táxi.

— Aeroporto — disse ao motorista.

Ao princípio da manhã, voava para Frisco. E tinha um plano arquitectado até ao último detalhe.

Havia, efectivamente, uma *miss* Field na lista telefónica de Frisco com o número indicado no bloco-notas de Barney: Patrícia Field.

Procurei a morada e dei com uma vivenda na parte oeste da cidade, longe do bulício. Tinha um pequeno jardim que circundava a construção em tijolo, com enfeites em pedra talhada, tudo um pouco gritante prò meu gosto, especialmente devido a umas colunas de mármore que sustentavam os quatro cantos da vivenda. Com o mesmo dinheiro, que devia ter sido bastante, era possível fazer-se muito melhor.

Não havia cá fora, na pequena cancela de madeira, na caixa de correio ou na porta, qualquer indicação sobre a moradora: *miss* Patrícia Field não era, pelo menos, pessoalmente ostensiva. Foi o que supus quando cheguei, mas corrigi logo a seguir a minha opinião. Toquei a campainha, esperei alguns segundos e a porta foi aberta por uma beleza loira, de cabelo curto, formas ondulantes e voz dengosa. *Miss* Field era uma brasa, tinha carnes brancas e, decerto, tenras, olhos líquidos verde-mar, peito um pouco pujante, que não lhe ficava mal, e exalava um perfume qualquer que parecia chamar por uma pessoa; que parecia chamar, não, que parecia apelar.

— *Miss* Field? — perguntei com um sorriso, enquanto procurava ver para trás dela, para a direita do vestíbulo, onde divisava uma sala ampla e clara.

— Faz favor de dizer.

A beldade encostou um pouco a porta, diminuindo o meu ângulo de observação, e olhou-me com uma curiosidade que não excluía sentido de autodefesa.

— Venho da parte de Barney — disse eu, sorrindo outra vez, agora de maneira mais franca.

— Ah — disse ela, sorrindo também. — O Eddie ainda não veio.

— Pois — disse eu. — Mas poderia esperar por ele. O Barney mandou-me cá. Um assunto importante, sabe.

— Ah — disse ela outra vez, mas agora a medir-me. — Bem, o Eddie não me disse nada.

Eu estava a ver que tinha de meter o pé à porta e obrigar a beldade a ser hospitaleira. Mas não foi preciso.

— Quer entrar? — perguntou ela. — Ele só deve vir ao fim da tarde.

Entrei atrás dela e fechei a porta. Levou-me para a sala, mandou-me sentar numa cadeira e sentou-se no sofá, à minha frente, cruzando as pernas.

— O Eddie só vem logo — repetiu e ficou alguns segundos calada. Depois, perguntou: — Você é de Nova Iorque?

— Sou.

— É um dos rapazes de Barney?

— Mais ou menos, *miss* Field.

À minha frente, um pouco para a direita, sobre uma mesa alta e redonda, estava o retrato de Eddie Piano.

— O Eddie vem aqui de vez em quando e passa cá os fins-de-semana, quando pode. Foi ele que o mandou cá vir?

Ela perguntava-me coisas, mas o que lhe interessava não eram as minhas respostas, Era ver se eu olhava ou não para as pernas dela. E eu olhava com aquela espécie de dissimulação que faz da cumplicidade um prazer.

— Não, *miss*. Foi Barney que me mandou cá falar com o senhor Piano. É uma história de um tal Maynard. Temos estado a tratar disso em Nova Iorque.

— O Eddie anda sempre metido nesses sarilhos. Não está sossegado um momento.

— É preciso, *miss* — disse eu. E passei pela décima vez os meus olhos pelos joelhos dela.

De acordo com as regras, ela puxou um pouco a saia para a frente e perguntou:

— Quer beber alguma coisa?

— Um copo de água.

Olhou para mim um pouco admirada. Fiz um pequeno sorriso, pisquei o olho e observei:

— Depois de vinte doses de uísque, uma dose de água. Agora, é a altura da dose de água.

Riu-se um pouco alto de mais, levantou-se e trouxe-me o copo de água. Peguei-lhe na mão para receber o copo.

— E o que faz você em Nova Iorque? — perguntou ela, enquanto retirava a mão um pouco furtivamente e a passava pelos cabelos.

— Trabalho para o Sindicato.

Fiquei à espera de ouvir qualquer coisa, mas não ouvi nada. Já era a segunda deixa que lhe dava, depois de lhe ter dito o meu nome, mas a beldade não reagiu. Ou sabia tudo ou estava a zero. Supus que estava a zero ou, pelo menos, à margem dessas coisas — e muito mais interessada em flirtar com o enviado de Barney.

— Você é um tipo estranho. Não tem ar de quem bebe água — e atirou-me um olhar malicioso. — Nem mesmo depois de vinte doses de uísque.

— É elogio ou censura? — perguntei, colocando o copo no carrinho das bebidas, levantando-me e sentando-me ao pé dela.

Afastou-se um pouco e olhou-me de viés.

— Então…?

Cortei-lhe a frase com um beijo. Depois outro e outro. Era uma mulher de fogo. A certa altura perguntei-lhe:

— A que horas deve chegar Eddie?

— Logo — disse ela. E abraçou-me outra vez.

Olhei para o relógio tive uma forte tentação, mas dominei-me. Levantei-me do sofá, deixei passar tempo e ficámos mais serenos, ela sentada no sofá e eu na cadeira.

— Vocês andam sempre com pistolas — disse ela, olhando-me para a arma, presa ao cinto que trazia sobre a camisa.

— Pois — disse eu.

— Como se chama? Nem me disse o seu nome.

— Joe.

— Joe quê?

— Joe das Damas. Para as servir — e sorri.

Tirei a arma do coldre, abri o estojo, retirei o silenciador e coloquei-o no cano.

— Que está a fazer?

— O que está a ver.

Estava a ver, mas não estava a perceber. Para ela, um Joe qualquer mandado pelo Barney para falar com Eddie, entretinha-se com uma arma, porque era assim que eles se entretinham.

— Conhece um tal Nick Collins? — atirei eu para o ar.

— Também é desse Sindicato?

— É — disse eu. — Ele costuma cá vir?

— Não sei — disse ela. — Às vezes, aparecem por cá uns tipos, mas não sei o nome deles. O Eddie não me fala nisso.

Comecei a fazer pontaria com a arma para um sítio imaginário.

— Largue a porcaria da pistola — disse ela. — Depois de falar com ele, volta para Nova Iorque?

— Talvez não — respondi, olhando-a bem nos olhos. — O Eddie é ciumento?

— Ora.

— Patrícia, podemos ter bocados agradáveis.

— Quando lhe der na mosca, não é?

Percebi que para ela, o Eddie contava pouco. Ou a tinha como objecto decorativo, para alguém se servir quando lhe apetecesse, ou estava tão preso a ela que já não tinha forças para a segurar. Era bem possível que fosse assim: o «boss» de Frisco andava com uma coleira atada ao pescoço, uma coleira puxada por *miss* Field.

— O Barney esteve para telefonar para cá — disse eu, atirando outra isca. — Mas achou melhor mandar-me cá por ser mais seguro.

— O Eddie disse-me que ele talvez telefonasse a dizer que estava tudo resolvido.

— E se ele não dissesse que estava tudo resolvido?

— Então, que telefonasse à noite, que nessa altura já o Eddie cá estava. É por isso que cá vem?

— Pois.

— Porque não está resolvido?

— Pois, não está tudo resolvido.

Ela ficou calada uns momentos. Depois, perguntou:

— São coisas de dinheiro?

— São sempre coisas de dinheiro.

Amuou:

— Você é como o Eddie. Não diz nada.

— Não são conversas para dama.

Ela fez um «pff» desdenhoso e virou as baterias para outro lado:

— Porque não vem trabalhar para Frisco?

Sorri:

— É possível.

— Bem, faça o que quiser. Fique aí à espera de Eddie até rebentar.

Saiu da sala, abriu a porta e entrou no quarto. Deixei-me estar sentado talvez meio minuto, levantei-me e abri a porta do quarto.

Sorri para ela:

— Então, beleza? — e confirmei que ela não estava a telefonar.

— Então, o Eddie está a chegar. Vou dormir um pouco. Fique à espera dele. Ele tem chave.

— Bem, enquanto espero por ele, vou fazer uma chamada.

Peguei no telefone, puxei o fio e soltei-o da ficha. Trouxe-o para a sala, liguei-o à ficha e coloquei-o em cima de uma cadeira.

Sentei-me no sofá, de frente para o corredor e esperei que Eddie Piano se materializasse.

Passados quinze minutos, levantei-me outra vez, abri a porta do quarto de Patrícia e espreitei. Dormia. Tirei a chave do lado de dentro da porta, metia-a na fechadura, do lado de fora, e fiz correr o trinco. Guardei a chave na algibeira e voltei para a sala.

Passou mais meia hora e fui à cozinha beber um copo de água. Quando voltei para a sala, senti rodar a maçaneta da porta do quarto. E depois a voz de Patrícia:

— Joe, Joe.

Tirei a chave da algibeira, abri a porta e perguntei-lhe:

— Que se passa?

— Fechou-me à chave?

— Vai dormir mais um bocadinho.

Olhou para mim desconfiada.

— Ouça lá: por que é que me fechou?

Empurrei-a para dentro do quarto, fechei a porta e meti a chave na fechadura. Ela começou a bater com os punhos na porta:

— Joe, bruto, abra a porta.

Abri a porta, dei-lhe um soco na ponta do queixo e amparei-a com o braço esquerdo para não cair. Transportei-a para a cama, voltei a sair, fechei a porta à chave e fui sentar-me outra vez no sofá. *Bem, Maynard, o teu plano é óptimo, mas Eddie Piano já devia cá estar.*

Tornei a levantar-me, confirmei que não podia ser visto pela janela, do lado de fora, experimentei a porta da rua, para me identificar com o ruído do trinco e dei uma vista de olhos pela sala. Aquilo era o ninho cor-de-rosa do safado: nada de comprometedor, a não ser talvez nas gavetas de uma espécie de ficheiro que estava corrido e fechado à chave. Para o abrir, teria de forçá-lo em duas fechaduras, uma em cima e outra à esquerda. Achei que não valia a pena, pensando que Piano deveria trazer o mínimo de pólvora para o seu ninho de fim-de-semana. E nada deveria encontrar lá que me pudesse, pessoalmente, interessar.

Dei uma olhadela pela estante, colocada à esquerda da lareira estilizada: livros sobre contabilidade e organização de empresas ocupavam quase totalmente a primeira fila; na segunda fila, instalara-se o caos: Vicki Baum, Agatha Christie, um prontuário da língua inglesa, *Frases soltas de homens célebres* (?), um *Como triunfar na vida*, *Ascensão e glória de Carole Lombard* e, inesperadamente, o *Moby Dick*, de Melville, encostadinho a *As cataratas do Niagara e a produção de electricidade*, o que me desnorteou completamente. A terceira fila era ocupada por Charlotte Brontë, a vida de Lincoln, *Aspectos da Guerra da Coreia*, vários romances de amor de terceira ordem e *Métodos de orientação para os seus negócios privados*. Em baixo, ao canto da estante, uma larga colecção de exemplares da *Life*, decerto para entretenimento de *miss* Field entre a saída de um macho e a entrada de outro.

Voltei a sentar-me no sofá de frente para o corredor e coloquei a arma sobre os joelhos. Não queria aceitar a ideia de que, entretanto, algo acontecera, retendo Piano fosse onde fosse, estragando-lhe o fim-de-semana que prometera ser radioso, a avaliar pelo ar fresco e límpido desta tarde de sexta-feira. *Bem, Maynard, deve haver muito que fazer entre a rapaziada do Sindicato: ou andam à procura de Barney e do outro pequeno, o que deve ser uma estafa para uma data de gente, ou os corpos já foram encontrados. E tens de admitir que, a acontecer assim, tenham vindo informações de Nova Iorque para Frisco, estragando o fim-de-semana a Piano: Barney e o seu comparsa foram desta para melhor, toca a telefonar para uma data de gente e a meter balas em todas as armas disponíveis. «Mas ninguém apanha esse Maynard?» — ruge Charlie Di Luca com o charuto já desfeito ao canto da boca. Johnny telefona e lima as unhas, falando de coisas diversas com modos naturais.*

Levantei-me outra vez, abri um pouco a cortina da janela e espreitei para fora. Nada. A noite chegava e os meus nervos já estavam penetrados de uma certa intranquilidade. *Calma, Maynard. Mesmo que Piano já saiba o que aconteceu, não lhe passa pela cabeça que estás aqui à sua espera. Neste momento, só tu e Johnny são conhecedores do facto que interessa: descobriste o rasto de Nick Collins. Isto é um segredo, até para Lucky Cassino. Mesmo que apertem Cassino e o façam vomitar as tripas, a única coisa que ele pode dizer é que tu, Maynard, não localizaste Nick Collins. E tanto podes estar em S. Francisco, como no planeta Marte. Há o bloco-notas de Barney, é verdade, mas mesmo que tenham percebido o que se passou, por que diabo havias tu de ir visitar uma* miss *Field a Frisco, muito provavelmente uma garota do harém de Barney? E como sabem eles aquilo que Barney escreveu no seu bloco-notas? Calma, Maynard.*

Estava certo. Só por um grande palpite, ou um grande azar, é que Eddie Piano não entraria, mais cedo ou mais tarde, pela porta, perguntando pela sua gatinha. Quando muito, traria uma ruga de preocupação na testa, a acrescentar às várias rugas que lhe marcavam o rosto. Além disso, se ainda não soubesse o que tinha acontecido a Barney, esperava por uma telefonadela dele. Havia noventa e nove por cento de probabilidades de tudo estar a bater certo. A mudança fora muito rápida e o tempo estava a meu favor.

Bem, Maynard, daqui a pouco deixas de fazer conjecturas e, se ele não aparecer, telefonas a Johnny, ou vais procurar Collins ou...

Fui interrompido a meio do pensamento pelo ruído de um motor de automóvel. Espreitei pela janela e vi um vulto mover-se na direcção da porta da casa. Não acendi a luz. Esperei que Piano, se fosse ele, tivesse inteligência suficiente para pensar que Patrícia estava a dormir, ou estava na cozinha ou outra coisa qualquer — isto se trouxesse alguma suspeita com ele. Senti que ele me metia a chave na fechadura da porta e fiquei sossegado. Deixei-o entrar, acendi a luz e convidei-o:

— Piano, venha para a sala.

Percebi que lhe passou momentaneamente pela cabeça e pelas pernas uma espécie de corrente eléctrica e cheguei a supor que o medo o faria fugir a sete pés. Mas não. Ficou paralisado, olhando para o silenciador com ar estúpido. Fui por de trás dele, fechei a porta e repeti:

— Vamos para a sala.

Antes dele se sentar, revistei-o e tirei-lhe um pequeno revolver do bolso interior. Depois, peguei na pasta que ele trazia, abri-a e despejei o conteúdo em cima do sofá: um pequeno «deve e haver» de alguns bares de Frisco, um medicamento e uma escova de dentes nova, ainda embrulhada em celofane.

— Maynard — disse ele, passando a língua pelos dentes — não faça disto um caso pessoal, não tenho nada contra si...

Olhei-o por baixo, como se achasse despropositado o que ele estava a dizer. Atirei a pasta para cima do sofá e disse pausadamente:

— Vamos fazer jogo limpo, Piano. É a única espécie de jogo que lhe pode salvar a vida.

Acenou afirmativamente com a cabeça e voltou a passar a língua pelos lábios. Depois, mexeu a cabeça com ar irrequieto:

— Viu… Patrícia?

— Está a dormir — disse eu. — Não se preocupe.

Ficou um pouco menos preocupado, olhou-me de frente com certo esforço e disse:

— Então, que deseja, Maynard?

— Que me conte tudo.

— Tudo o quê?

— Tudo — repeti. E sorri para ele.

Fez um gesto com a mão, encolheu os ombros e começou:

— Não sei ao certo o que quer saber, mas a minha inter-ferência nisto é apenas obediência a ordens. Depois da nossa reunião, melhor, na manhã do dia seguinte, foi uma ordem de Frisco para Nova Iorque, uma ordem telefónica. Ficou anulado o compromisso comigo por causa de um assunto.

— Que assunto?

Ele voltou a encolher os ombros. Repeti:

— Que assunto, Piano?

— Bem — disse de um fôlego —, você era considerado perigoso para o Sindicato e tinha que ser liquidado. Pessoalmen-te, achei que…

— Quem mandou matar o milionário Douglas?

— O quê? — disse ele. Mas vi que estava só a ganhar tempo.

— Quem mandou matar o milionário Douglas?

— Nick Collins — disse, muito baixinho.

— Pois — disse eu. — Nick Collins, da Polícia de Frisco, que está ligado ao Sindicato.

Olhou para mim de soslaio, já sem saber ao certo o que eu sabia e com medo de me dar uma informação errada.

— Há quanto tempo pertence ele ao Sindicato, Piano?

— Talvez há dois anos. Tinha ingressado na Polícia pouco antes.

— Que fazia ele antes disso?

— Não sei. Ele não é de cá. Quando dei por ele, já estava na Polícia.

— Veio de Chicago?

— Talvez. Não sei.

— Você, como *boss* do Sindicato em Frisco, não devia ter a ficha de Nick Collins?

Ficou calado alguns segundos. Depois disse:

— Foi-me indicado de cima. Limitei-me a aceitar a decisão.

— Pois — disse eu. — Um polícia corrupto vale tudo quanto pesa. Onde está Joe Filippo?

— O quê? — perguntou ele outra vez. E calmamente: — Não conheço nenhum Joe Filippo.

— Bem. Adiante — disse eu. — Foi Nick Collins que mandou matar o milionário Douglas. E que justificação deu ele?

— Nenhuma. Telefonou para Nova Iorque, mandou-me regressar imediatamente a Frisco e disse a Di Luca que liquidasse Douglas e… você.

— Porquê Douglas e eu?

Eddie Piano fez um vago gesto com a mão:

— Não percebi porquê. Nem tinha que perguntar. Nick Collins estava em condições de dar ordens por causa de… bem… a sua posição.

— Qual era o papel de Max Gold no Sindicato?

— Fez uns pequenos trabalhos de informação. Nada de muito importante. Conhecia Nick Collins. Foi por causa da morte de Gold que as coisas se complicaram aqui em Frisco. Collins não gostou.

— Pois. Outra coisa, Piano: que sabe você sobre Tony Hernandez ou Antonio Hernandez?

— Nada.

Olhou para a arma que eu tinha na mão e depois para o meu rosto:

— Garanto-lhe, Maynard. Nada.

Respirou fundo e perguntou baixo:

— Você vai matar-me, Maynard?

— Talvez não. Em todo o caso, depende.

— Estou a dizer-lhe tudo o que sei — disse com ar ansioso. — Se Nick Collins soubesse…

— Pois — disse eu. — Agora: quem foram os homens que mataram Douglas?

— Barney, «Baby» Dienst e outros dois Di Luca.

— E quem ficou encarregado de me matar?

Piano encolheu os ombros. Era-lhe penoso ter de falar, mas o instinto de sobrevivência estava à frente de tudo:

— Creio que foi Barney que começou logo a organizar as coisas. Mas eu tive de voltar a Frisco.

— E depois de voltar a Frisco falou com Collins.

— Falei — murmurou. — Mandou-me dar ordens rigorosas a Barney. Que ele vigiasse a sua casa, que era natural que você estivesse ainda em Nova Iorque. E que ele me telefonasse logo…

Interrompeu-se, tirou o lenço do bolso de fora do casaco e passou-o pela testa.

— Logo… — repeti.

— Bem, logo que você fosse morto.

— Bem, o amigo Barney deve telefonar-lhe hoje. Olhou para mim um pouco intrigado e disse:

— Que quer você dizer, Maynard? Os corpos deles foram encontrados e…

Deixei passar uns momentos. Depois, disse:

— Fale, Piano. Fale.

— Bem, você matou-os, não foi?

— E quando soube você disso?

— Há poucas horas.

— E qual é o vosso próximo passo?

— Não sei.

— Então, vou eu dizer-lhe — observei calmamente. — Você vai telefonar agora para Nick Collins e dizer-lhe que venha cá.

Olhou para mim verdadeiramente alarmado:

— Para quê?

— Não faz uma ideia?

— Maynard…

Interrompi-o com um meneio de cabeça:

— Você vai telefonar para Nick Collins e dizer-lhe que tem de vir cá falar consigo.

— Mas eu costumo falar com ele pelo telefone…

— Diz-lhe que ele tem de cá vir falar consigo — insisti. — Que recebeu notícias importantes de Nova Iorque e que lhe quer falar pessoalmente. Diz-lhe que conhece uma pessoa que sabe do meu paradeiro. Que ele venha cá, pois têm de ir falar com ela.

Piano disse algumas palavras ininteligíveis, mas recompôs-se e observou:

— Ele pode desconfiar…

— Se ele desconfiar, você é um homem morto, Piano. Pode ter a certeza disso.

Ele tinha a certeza. Ainda disse desesperadamente:

— Posso não dar com ele. Pode estar em casa ou na Prefeitura…

— O problema é seu. Não encontrar Nick Collins é muito mau para si. É péssimo.

Patrícia começou a bater com as mãos na porta. Eu disse a Piano:

— Levante-se e venha comigo.

Fi-lo seguir à minha frente até à porta do quarto de Patrícia. Tirei a chave da algibeira, abri a porta e empurrei-a para dentro do quarto.

— Piano, amarre-a.

Fui ao guarda-vestidos, abri-o e atirei duas gravatas para as mãos de Piano:

— Vá — disse-lhe.

— Mas que é isto, Eddie? Que se passa? — perguntou Patrícia. — Amarra-me? Ouça lá, seu bruto…

— Cala-te, filha — disse eu. — Se não te calas, ponho-te outra vez a dormir.

— Eddie… — disse ela. E pôs a mão na boca, num gesto aterrado.

— Vá, Piano — insisti pacientemente. — Amarre-a e amordace-a. E de modo a que ela fique sossegada durante bastante tempo.

— Eddie, quem é este homem? Eddie... — quase gritou Patrícia.

Olhei para ela, dei dois passos em frente, peguei-lhe num braço e atirei-a para cima da cama:

— Vamos — ordenei.

Eddie Piano pegou nas gravatas, debruçou-se sobre Patrícia, voltou-se para trás e murmurou:

— Não sei. Nunca fiz isto...

— Experimente, Piano. Só tem mandado fazer, não é? É fácil, com um pouco de boa vontade.

Ficou uma obra razoavelmente bem feita, embora eu tivesse de lhe dar indicações. Patrícia ficou deitada na cama, com as mãos e os pés amarrados e com um lenço na boca.

Eddie olhou para ela penosamente, seguiu à minha frente para a sala e pôs a cabeça entre as mãos.

— Agora, Piano — disse eu — você vai telefonar a Nick Collins.

Tirou as mãos dos olhos e disse pausadamente:

— Mas porque hei-de fazer eu isso, Maynard? Você mata-me de qualquer maneira.

Olhei para ele bem a direito:

— Se você fizer bem feito o que tem a fazer, não o matarei. De qualquer modo, se não fizer nada, não tarda que lhe meta uma bala na barriga.

— Nick é um homem astuto e inteligente. Pode suspeitar de qualquer coisa — disse ele, quase a gemer.

— Pois — respondi. — Mas tem que ser. Telefone-lhe.

Ele meneou tristemente a cabeça.

— Quer dizer: se não me matar você, matam-me eles depois.

— O pensamento pode estar correcto — disse eu — mas o perigo imediato para si está na minha mão direita.

Olhou para a arma, passando os dedos trementes pelo queixo.

— E você, Maynard, até onde quer ir? Na altura em que isto está, a matança dá-lhe alguma vantagem? Você bem sabe que crime puxa crime e…

— Pois — interrompi, simulando um ar pensativo. — A questão é que dou-lhe apenas cinco minutos para falar com Collins.

Baixou a cabeça durante alguns segundos e apertou os joelhos com as mãos. Depois, levantou-se, pegou no telefone, sentou-se na minha frente e começou a discar um número. Tinha a testa brilhante como a superfície de uma piscina num dia de sol.

Esperei quase um minuto a olhar para ele, enquanto ele fazia o possível por não olhar para o cano do silenciador. A certa altura, disse-me:

— Ninguém responde da casa dele.

E estendeu o bocal.

— Pois — disse eu. — Dê-me a sua carteira e a sua agenda.

Colocou o auscultador no descanso e começou a tirar coisas das algibeiras: chaves, isqueiro, lenço, papéis soltos, carteira e uma pequena agenda de capa castanha.

Abri a carteira, dei-lhe uma rápida vista de olhos e coloquei-a de parte. Peguei depois na agenda e só vi números de telefone e moradas de gente que não sabia quem era. Franzi o sobrolho.

— Você sabe de cor o que mais lhe interessa saber, Piano. Devia tirar-se muita coisa de si com uma lavagem de cérebro.

Engoliu em seco e apertou outra vez os joelhos com as mãos. Pareceu-me que ia dizer qualquer coisa, mas que se arrependeu.

— O número de telefone de Collins vem na lista?

— Não — murmurou ele.

— E qual é o número?

Disse-me o número. Peguei no telefone e liguei. Esperei algum tempo, mas ninguém respondeu. Tornei a colocar o auscultador no descanso.

— Você costuma falar com ele quando está na Prefeitura? — perguntei.

— É raro. Bem, o caso é que…

— Pois — atalhei. — Não vamos falar para a Prefeitura. Ele poderá estar agora em qualquer outro sítio?

— Palavra, Maynard, não sei. Falo com ele de vez em quando, quase sempre para casa…

Disse-lhe que sim com a cabeça. Depois fitei-o longamente.

— Acho que você não me está a querer enganar, Piano. Seria uma ideia estúpida. Nem queira saber.

— Não, Maynard, não — respondeu ele precipitadamente. — O número de telefone que lhe dei é o de Nick Collins.

— Ele vive sozinho?

— Creio que sim. Pelo menos, sempre que falei lá para casa, ou ele responde ou ninguém. De resto, pouco sei da sua intimidade.

— O que há sobre garotas na vida dele?

— Não sei. Nada de especial, que me conste.

— Nick Collins, o regenerado — disse eu, mostrando os dentes. — Quem havia de dizer isso há oito anos? Como as pessoas mudam.

Um brilho rápido passou pelos olhos de Piano.

— Há oito anos o quê? — Pareceu-me tê-lo ouvido dizer.

— Nada, Piano. Estava apenas a pensar em voz alta.

Continuei a mostrar-lhe os dentes, balanceando a arma na mão. Piano estava hipnotizado pelo ritual. Passado algum tempo disse:

— Garanto-lhe, Maynard, que estive a falar verdade.

Não respondi e continuei a balancear a arma.

— Acredite, Maynard, que eu não… — insistiu, atropelando as palavras e parando de repente.

— Pois, Piano eu sei. A que horas poderá Nick Collins chegar a casa?

— Francamente, não sei.

— Mais ou menos?

Encolheu os ombros.

— Já podia lá estar. Talvez daqui a pouco já lá esteja.

— Pois. Esperemos então um pouco — disse eu. — Se quiser fumar, fume. — E apontei com a arma para o maço de cigarros.

Piano aceitou a ideia pronta e nervosamente. Tirou um cigarro do maço, acendeu-o e deitou uma baforada. Respirou fundo e quase me olhou com olhos amigáveis.

— Piano — disse eu, passando lentamente o indicador da mão esquerda pelos lábios — como é que a Polícia se está a mexer no assunto?

Ele fez uma expressão interrogadora. Deu outra fumaça e disse:

— O costume. Fareja pistas e incomoda pessoas.

— E ninguém lhes arrefece o entusiasmo? Collins, por exemplo?

— É difícil pôr tampão numa coisa destas. Mas o Sindicato não ajuda.

— Não ajuda como?

— Bem, Maynard, as questões entre o Sindicato e você são... bem... privadas.

— Pois — disse eu. — Mas a Polícia encontra cadáveres que não podem ser privados. Até onde é que vocês conseguiram evitar a interferência?

Piano atirou mais fumo para o ar, deitou cinza no cinzeiro e encostou-se para trás, respirando fundo.

— O Sindicato dissolve as pistas — disse ele, baixinho. — Você conhece os processos do Sindicato. Não vale a pena estar a explicar-lhe...

— Talvez valha, Piano. A questão é que me interessa saber se alguém se poderá lembrar do meu nome perante um distintivo da Polícia.

— Ninguém faz isso, Maynard. O Sindicato protege bem tudo quanto lhe diga respeito. Pode ser que...

— Pode ser que...? — perguntei.

Piano fez um leve trejeito de ombros.

— Quero eu dizer que o Sindicato fará tudo para o apanhar, Maynard. Mas a Polícia ficará de fora. Não podemos deixar a Polícia dar um passo em frente. Todos os nossos negócios...

Interrompeu-se para me fixar com certa insistência, apertando os olhos.

— Maynard — disse ele, surpreendentemente calmo. — O Sindicato perde mais do que você, se a Polícia se meter nestas coisas. Nem percebo porque se preocupa.

— Piano — disse eu, também muito calmo — isto foi longe. Collins quer salvar a pele. A minha pele vale a dele. Collins podia lembrar-se de pôr gente com distintivos atrás de mim. Aliás, é só iluminar o rasto.

— Ele não fará isso — respondeu Piano. — Collins não é o Sindicato. É uma peça.

— E não terá mandado alguém sibilar o meu nome?

— Não. Com certeza que não.

Acenei com a cabeça.

— De qualquer modo, a minha ideia, Piano, é guardar uma bala na arma para um possível delator.

Piano mexeu-se com certa inquietação.

— Ninguém fará isso, Maynard. Seria a primeira vez.

— Pois — disse eu, sorrindo. — Nero também só incendiou Roma uma vez.

Ele deu uma última fumaça e esmagou o cigarro no cinzeiro.

— Vamos telefonar outra vez para casa de Collins — disse-lhe.

Peguei no telefone e disquei o número. Após três toques, alguém respondeu do lado de lá.

— Alô?

Passei o telefone a Piano e fiz-lhe sinal com a cabeça, enquanto aproximava o meu ouvido do auscultador. A conversa foi rápida e Piano portou-se muito bem. Collins mordeu a isca e disse-lhe que estaria dentro de meia hora em cada dele. Havia uma nota de prazer na sua voz ou, então, foi impressão minha. De qualquer modo, a ideia de me ter ao seu alcance deve ter-lhe sido particularmente agradável.

Quando acabou de falar, Piano estendeu as pernas e olhou-me com um ar cansado, quase indiferente. Pareceu-me ver na sua expressão uma pergunta, mas não inquietante para o seu estado de espírito de momento. «Vais matar-me?» — era a pergunta. E a sua ansiedade era quase nula. Parecia estoirado pela tensão. Fizera um esforço notável ao telefone e o silenciador, de boca apontada para ele, esgotara-lhe, minuto a minuto, a capacidade de ter medo. Estava feito num farrapo, mas conseguia, mesmo sem esforço, manter um cansaço digno, aureolado de uma espécie de desencanto. Com um pouco mais de abandono, seria capaz de receber uma bala no corpo sem se incomodar com isso.

— Bem, Collins estará aqui dentro em pouco — disse ele, baixando os olhos para o tapete. — Você fará agora o que quiser, Maynard.

— Pois — disse eu.

Dei alguns passos pela sala para desentorpecer as pernas e espreitei pela janela. Piano continuava no *maple*, sossegado, a pensar em coisas, talvez desagradáveis, mas que já não lhe faziam muita mossa.

— Piano — disse eu, vendo a sua imagem acabrunhada reflectida no vidro da janela — ele vai chegar e tocar à campainha, não é?

— É — respondeu.

— Se ele não fizer tudo na ordem, desprevenido como convém, você vai desta para melhor, não é, Piano?

Disse-lhe isto e voltei-me para ele. Vi-lhe o olhar calmo, ligeiramente acusador.

— Se ele desconfiou ou não, não sei. Você ouviu a conversa. Não posso fazer mais nada.

— Esperemos que tudo corra dentro dos planos previstos, Piano. É assim que eu gosto das coisas.

Sentei-me de novo em frente dele e perguntei:

— Quantos homens me procuram e em que cidades?

— Suponho… — respondeu Piano, e teve uma ligeira hesitação — suponho que há muita gente na sua cola, mas é difícil calcular quantos. Todas as cidades que o Sindicato controla devem ter homens à sua procura.

— E foi Nick Collins que desencadeou toda essa actividade?

Ele baixou de novo os olhos para responder:

— Não foi só o Collins. Você sabe o que pensa Di Luca…

— … e o que pensava você — atalhei.

Piano teve uma sombra de sorriso.

— Maynard, as coisas são assim. Como é que você queria que fossem?

Devolvi-lhe a sombra de sorriso.

— Só me interessa saber de quantos assassinos tenho necessidade de me defender.

— Sei o que você quer dizer, Maynard — disse Piano, num tom de voz compreensivo. — Basta que lhe diga que o Sindicato não pára enquanto o seu assunto não for resolvido.

— Pois — disse eu. — E se eu agora mandar o Nick Collins para a vala comum, a actividade vai crescer.

Houve um longo momento de silêncio, antes de Piano observar:

— Depende.

A palavra foi proferida de maneira clara e concisa. Parecia o desabafo de alguém que há muito tempo tinha um segredo entalado entre os dentes.

— Depende? — perguntei, balanceando outra vez a arma.

— Bem — disse ele, e passou a mão pelo colarinho — quero dizer que não será isso que obrigará o Sindicato a movimentar-se com maior interesse. Nick Collins não é importante para o Sindicato.

— Não é importante?

— Bem, não é importante ao ponto que você pode supor. O facto de ser da Polícia não implica que o Sindicato…

Ele interrompeu-se e eu tive de perguntar.

— Sim?

— Não implica que o Sindicato não possa passar sem ele e, até, não possa ter algumas boas razoes para se querer ver livre dele.

— Por exemplo?

— Bem, Collins abusa de uma certa autoridade. Consta. E há quem diga que os *big bosses* não gostam de algumas liberdades que ele tem tomado.

— Por exemplo? — voltei a perguntar.

— Não posso especificar — respondeu Piano, num tom evasivo. — Mesmo que quisesse dizer-lhe, não sei.

Deixei que se restabelecessem mais alguns segundos de silêncio. Depois, perguntei:

— Quer dizer que você, mesmo você, gostaria que Nick Collins fosse desta para melhor.

— Porque diz isso?

— Porque compreendi isso nas suas palavras. Posso supor, desde já, que há belas lutas intestinas no Sindicato. Era de prever. Em todas as grandes organizações há choques deste género.

Piano teve um vago sorriso triste.

— É por isso que você prefere a solidão? — perguntou.

— Muitas vezes, um só já é de mais, Piano. Já há suficientes contradições numa só pessoa. Mas adiante. Serei louvado em ordem de serviço se matar Nick Collins?

Ele sorriu outra vez.

— Como as coisas estão, os agradecimentos que lhe podem fazer não invalidam a necessidade fundamental de o matarem. Você, sabe, Maynard, há em tudo isto uma reacção em cadeia. Você mesmo não quer parar.

— Não posso, Piano, não posso — respondi.

Olhei para o meu relógio de pulso. Fiquei alguns minutos calado e a pensar. Piano já não olhava para a minha arma. Fitava um ponto qualquer atrás de mim, como se estivesse a desprender-se de um conflito esgotado e já quase nada dele lhe dissesse respeito.

A certa altura, respirou fundo, olhou para mim e perguntou:

— Depois de resolver a questão com Collins, que vai você fazer?

Sorri.

— Procurar acabar o trabalho. Fazer a representação final.

Ele apertou os olhos.

— A história não acaba aqui?

— Não — disse eu. — Mas espero que não esteja muito longe do fim. Eu também me canso, Piano. Matar pessoas é uma tarefa esgotante, principalmente pela longa espera e o ritual que envolve. É uma tarefa de perito, uma coisa que exige especialização nervosa. Você, que é do Sindicato, terá uma ideia, mas você não mata. Fica fora da atmosfera. O facto de não estar perante as coisas, de não perseguir o alvo, de não destruir o que é preciso destruir por suas próprias mãos, evita que mergulhe em situações limite. Já passei inúmeras vezes por essas situações limite e tenho uma úlcera no estômago. E uma necessidade de correr como a de Sammy Glick, simplesmente não para o sucesso, talvez para o fim.

Fiz uma pausa. Depois, observei:

— Não sei porque lhe estou a dizer isto, Piano. Percebeu alguma coisa?

— Mais ou menos, Maynard.

— Pois — disse eu. E comecei a assobiar baixinho.

Ele fitou-me.

— É o tal caso da solidão, Maynard. Você precisa de falar. Se tivesse um amigo, era mais fácil.

— Tenho um amigo, Piano. Mas com ele quase não preciso de falar, pelo menos destas coisas.

— Cassino? — perguntou.

— Ahn?

— O seu grande amigo é Cassino?

— Não, não é Cassino.

Ele acenou com a cabeça.

— Mas você dá-se bem com Cassino.

— Dar-se a gente bem com uma pessoa interessa alguma coisa?

— Não.

— Pois.

Olhámos um para o outro, quase com simpatia. *Meu caro Eddie Piano, formiga humana, pobre diabo.*

A certa altura, ele perguntou:

— E já pensou como vai resolver o meu caso?

— Já.

— Vai… — desviou o olhar do meu e calou-se. Eu não disse nada e fiquei à espera.

Ele voltou a olhar-me de frente.

— Vai matar-me?

Disse-lhe que não com a cabeça.

— E já pensou que seria menos complicado para si matar-me? — insistiu ele, com aquela espécie de lucidez impulsionada por um grande desejo de experimentar uma das tais situações limite.

— Porquê?

— Bem… — disse ele. — Eu sei coisas.

— Poupe-me a situações ridículas, Piano — respondi. — Imensa gente sabe coisas. Só mato quem tenho de matar. Se Collins foi incluído no programa como espero, você ficará vivo, talvez para ser perseguido pelo Sindicato. De qualquer modo, nós somos sempre perseguidos, seja pelo que for. Pelo Sindicato não é pior do que por qualquer outra coisa.

— Você joga com as palavras — disse ele, passados momentos.

— Pois — respondi. Fiz uma pausa e disse quase para mim próprio: — Nick Collins deve estar a chegar.

Passou outra vez tempo antes de ele dizer:

— Fumava outro cigarro.

— Fume — respondi.

Ele começou a fumar. Olhei outra vez para o relógio. Estava a começar a impacientar-me. E a úlcera já se manifestava.

— Tem leite em casa, Piano?

— Leite?

— Sim. Leite. Para beber.

— Tenho. Devo ter no frigorífico.

— Então, vamos lá os dois. Preciso de beber leite. Está a doer-me o estômago.

Levantámo-nos, dirigimo-nos à cozinha, mas eu fiquei à entrada do corredor, olhando para a porta da casa e vigiando também os movimentos de Piano. Ele encheu um copo de leite e deu-mo. Voltámos para a sala. A meio caminho, ele perguntou:

— Patrícia...?

— Deixe-se estar. Está sossegada, como convém.

Ele sentou-se no sofá e eu fui de novo até á janela, espreitando para fora. Bebi meio copo leite, voltei para junto de Piano e fiz uma breve inspecção à minha arma. Apertei-a mais na mão, sentia-me seguro apertando-a, o aço bem agarrado à pele. *Nick Collins, estás a demorar-te, saberás tu, sem saberes ao certo, que a morte espera por ti? Nick Collins, estamos a escrever o fim da história. Talvez seja um grande favor que eu faça ao mundo, atirando-te para dentro de um caixão, mas faço um maior favor a mim próprio, preciso de um pouco de serenidade. Olga. Não puxes pelo tempo, Maynard. Vê se és capaz de deixar correr o tempo em vez de puxares por ele.*

O som da campainha da porta quase me fez estremecer. Ergui a arma para Piano, que juntou as mãos e franziu o sobrolho, num gesto ligeiramente sobressaltado. Levantou-se e seguiu à minha frente. Parei junto do bengaleiro e fiz-lhe sinal com a arma para que abrisse a porta. Ele ainda me olhou mais uma vez, um pouco como quem se despede de qualquer coisa, talvez o respeito por si próprio. Abriu a porta.

Nick Collins entrou e ficou de frente para a boca do revólver. Uma lufada de paz entrou-me nos nervos e a moinha no estômago desapareceu.

Olhei para Piano e disse-lhe:

— É bom para si que nem ouça a conversa. Vamos todos até ao quarto, onde Collins vai amarrá-lo.

— Sorri. — Ficará junto de Patrícia.

Abri a porta do quarto, fui de novo ao guarda-vestidos, tirei de lá mais duas gravatas e disse:

— Collins, amarre e amordace Piano.

Deitada na cama, Patrícia atirou-me dois olhos verdes, cheios de exasperação e fúria.

Deixei Piano junto de Patrícia e voltei com Collins para a sala. Revistei-o, tirei-lhe a Luger e mandei-o sentar-se no sofá.

Ele sentou-se com os seus noventa quilos. Tinha o cabelo alourado, cortado muito curto, olhos de um azul muito claro, de uma frieza de mar do Pólo Norte.

— Você vai matar-me? — perguntou-me.

Toda a gente me fazia esta pergunta, mas o facto de ser Nick Collins a fazê-la, achei que tinha bastante graça.

— Você é o terceiro homem da minha lista — respondi.

— Hum — fez ele.

— Você apanhou T.R. Douglas e eu apanhei-o a si — continuei.

— E porque me vai você matar? — perguntou ele, como se perguntasse onde ia eu passar as férias naquele ano.

— Porque cheguei primeiro. Estamos a fazer uma corrida, lembra-se?

Era um adversário duro, de um calculismo extremo. Uma armadilha de trazer por casa prendera-lhe o pé, mas o facto estava consumado e não havia que deitar lágrimas sobre ele. Ganhar tempo e terreno era a sua única ideia. Não mantinha ilusões quanto à minha superioridade, feita de arma na mão, mas confiava nos seus recursos: o tipo de inimigo que não aceita perder a guerra.

— Não sei porquê, houve qualquer coisa no telefonema de Piano que me soou a falso. Mas não quis ligar importância a isso. Desdenhei da impressão fugaz que tive. Nunca devemos desdenhar das nossas impressões fugazes — disse ele com uma ironia suave, um pouco estranha.

— Pois — disse eu.

— Eis-me aqui, na sua frente — continuou — obrigado a ceder às suas condições. Realmente, Maynard, estava longe de supor que isto pudesse acontecer.

— Pois, os imponderáveis — respondi.

Ele sorriu. Tinha um sorriso mecânico, gélido.

— Se eu não o tivesse reconhecido pela arma com o silenciador, reconhecê-lo-ia por esse «Pois» que é o seu cartão de visita. De qualquer modo, estou nas suas mãos, mas talvez tenha a oportunidade de fazer negócio consigo.

Disse isto da maneira mais natural, convencido de qualquer coisa, talvez dos seus recursos, talvez da minha possível desonestidade intrínseca.

— O que é que tem para me oferecer, Collins?

— Depende do que você quiser.

— Quero — respondi — que em diga onde está Joe Filippo.
O quarto homem. E quero que me diga ainda mais umas coisas.

— E depois?

— Depois o quê?

O tipo voltou a sorrir.

— Se eu lhe disser onde está Joe Filippo, isto no caso de saber, você passa por cima do meu cadáver e vai procurá-lo, não é?
Assim, o negócio não me interessa. Bem vê, não tiro qualquer vantagem dele.

— Pois — disse eu. — Mas posso matá-lo, ou daqui a um quarto de hora, ou daqui a uma hora. E quanto mais tempo viver, maiores as probabilidades de se safar da situação.

— É difícil — disse ele, com olhos frios. — Você é um profissional. Poucas hipóteses me restam. Negociar consigo a minha vida é a única coisa que posso tentar fazer.

— E o que tem para me dar em troca? — perguntei.

— Você quer informações — disse ele num tom baixo e monocórdico. — Ora, informações não me salvam a vida. E como você é um profissional, a única coisa que posso oferecer-lhe é dinheiro.

Fiquei calado. Ele esperou uns segundos e continuou:

— Sei que lhe matei a galinha dos ovos de ouro, Maynard.
Com T.R. Douglas você tinha o seu negócio assegurado. Por necessidade de defesa, pus T.R. Douglas fora do caminho. Você também iria parar à morgue se eu o apanhasse primeiro. Mas a situação inverteu-se. Agora, estou disposto a compensá-lo do prejuízo que lhe dei com o desaparecimento do milionário. Sei que você recebeu quarenta mil dólares de entrada. Já cumpriu

metade do contrato com Douglas e receberia mais quarenta mil quando acabasse o trabalho.

Ele fez uma pausa e eu continuei calado.

— Portanto — disse ele, muito pausadamente — ofereço-lhe as seguintes condições: quarenta mil dólares para ficar quieto, sem necessidade de fazer seja o que for. Nisto, claro, está incluído o não assassínio do homem que está na sua frente. — Sorriu outra vez. — Não é costume oferecer-se dinheiro a um homem para estar quieto. Há imensas vantagens na proposta que lhe faço, Maynard.

— Pois — disse eu, ouvindo muito ao longe o som da minha própria voz.

— Maynard — ele falava e eu quase tinha dificuldade em ouvi-lo, porque qualquer coisa dentro de mim parecia ir rebentar de um momento para o outro — você é um realista, tem de ser, porque é o melhor dos profissionais. Bem sei que há os escrúpulos de determinadas situações, mas um homem mede-se por saber dar a volta a qualquer situação, virá-la a seu favor e seguir em frente. Você ainda pode supor que eu não o deixaria depois em paz, que o perseguiria até o fazer calar. Posso garantir-lhe que não é essa a minha ideia, mas o caso é que quarenta mil dólares dão bem para suportar essa probabilidade. É um bom preço, mesmo que isso implique o risco de se sentir perseguido.

— Onde está Joe Filippo? — dei comigo a perguntar. E já não sabia se a voz que falava era a minha.

— Hum — fez ele.

Vi-lhe os olhos frios serem repassados por um relâmpago de receio.

— Onde está Joe Filippo? — repeti.

— Bem — disse ele, passando o dedo indicador da mão direita por uma sobrancelha — não sei onde está, efectivamente, Joe Filippo. Se você o encontrar, contudo, pode liquidá-lo. O nosso acordo só a mim diz respeito e…

— Quero indicações sobre Joe Filippo.

Ele apertou um pouco os lábios antes de responder.

— Francamente, não sei. A única coisa que posso dizer-lhe é que o não vejo há muitos anos.

Quando disparei sabia que não ia acertar-lhe, mas queria dar-lhe a certeza que a próxima bala entrar-lhe-ia no corpo. Ele ouviu o som do tiro, misturado com o do som da bala a enfiar-se no sofá a uma polegada do seu braço esquerdo e ficou subitamente mais sério.

— Maynard… — disse ele.

Fiquei a olhá-lo. Sabia que se não me desse uma informação a próxima bala não demoraria. Para evitar a bala, disse:

— Não sei onde está Filippo. Há meses, encontrei em Chicago a antiga amante dele, Lilly Lilliput. É a dona de um bar na cidade. O Tempesta.

Collins falou rapidamente, quase com medo de eu lhe cortar a frase com segundo tiro.

— Pertence ao Sindicato?

— Não — murmurou ele. — Não tem nada que ver com isso.

— Quando é que Filippo se separou dela?

— Há anos. Duvido que ela saiba o paradeiro dele.

Fez uma pausa e eu perguntei:

— Quantos homens tem o Sindicato em Chicago?

Olhou-me um pouco de viés:

— Alguns — respondeu.

— Como?

— Bem, não sei quantos. A gente suficiente, suponho.

— Pois. Ty Rouse continua a ser o *boss* de Chicago?

— Continua.

Fiquei uns momentos calado a olhar para ele. Depois, disse-lhe:

— Você vai telefonar a Rouse, dizendo-lhe que destaque o seu pessoal para Frisco, onde eu fui localizado.

Collins apertou os olhos, que ficaram apenas duas frias gretas azuis.

— Telefonar a Rouse para…?

— Sim.

— Percebo — disse ele, suavemente. — Você quer campo livre em Chicago.

— Exacto.

— Mas quem lhe diz que o Sindicato liga importância ao assunto, ao ponto de mandar os seus homens para Frisco?

Destaquei as sílabas para dizer:

— Achei que sim. Há necessidade absoluta de me fazerem parar. E mesmo que Rouse não ache que seja absolutamente imprescindível, não vai contra uma ordem de Nick Collins. Você vai dizer-lhe que o objectivo número um do Sindicato é fazer cair Maynard, o tal Maynard acerca do qual ele já recebeu ordens, no caso de o ter ao alcance da mão em Chicago. Portanto, sabe-se agora, dir-lhe-á você, que Maynard se encontra em Frisco e que todos os homens disponíveis devem ser para lá enviados, a fim de que a caça se faça rapidamente e com limpeza.

— Hum — fez ele. E coçou a ponta do nariz com o dedo indicador da mão esquerda.

Apontei a pistola para o sítio onde deveria ficar o coração dele.

— Assim, eles vêm todos para cá, enquanto eu vou para lá.

— E eu? — perguntou ele.

— Ver-se-á depois.

— E a hipótese de acordo entre nós?

— Collins, não pode haver qualquer espécie de acordo enquanto você não telefonar para Rouse. Bem vê, eu quero investigar em Chicago o paradeiro de Filippo. Filippo é a meta final. A última bala que guardo para este caso.

Collins baixou um pouco a cabeça e franziu a testa, como se estivesse a pensar e isso lhe doesse.

— Você, Maynard, tem um silenciador na mão e decreta — disse isto e levantou os olhos para mim. — Só não compreendo porque recusa quarenta mil dólares a troco de uma sede de vingança que não se justifica. A questão nem é sua, era de Douglas. Ofereço-me para substituir Douglas e você parece nem perceber o alcance das minhas palavras.

Ficou uns segundos calado. Depois, disse:

— Será que você me odeia?

— Não discuto consigo um certo número de coisas, Collins. E já lhe disse que só podemos chegar a qualquer possibilidade de acordo, depois de você fazer o telefonema.

— Hum — fez ele mais uma vez.

— Portanto — continuei —, o que você vai fazer é telefonar para Rouse e contar uma história direitinha que deixe as coisas como eu quero que fiquem.

— Está bem — disse ele. Havia um certo heroísmo na sua serenidade, embora soubesse que o mataria imediatamente, no caso de não fazer o telefonema.

Meia hora depois, Nick Collins ficou sentado no sofá, com os olhos abertos e uma bala no coração. Morreu sem tentar viver, porque o matei numa altura em que ele não esperava, após uma pergunta estúpida e à qual ele se preparava para responder. Entretanto, falara com Rouse e os «meninos» de Chicago estavam a preparar a sua viagem a Frisco, devendo telefonar para casa de Collins logo que chegassem. Ninguém responderia, evidentemente. Quando Eddie Piano se desembaraçasse das gravatas, encontraria o corpo de Collins na sala e havia de ter problemas.

Mas quem é que não tem problemas.

DOZE

Há muito tempo que eu não via Chicago. Era uma cidade de que, particularmente, não gostava, sentindo-me nela, por razões estranhas, como um estrangeiro que não conhece a língua. A cidade sugeria-me ideias desagradáveis, como às vezes as caras das pessoas ou as suas palavras. Talvez adivinhasse por de trás dos seus prédios uma sujidade mórbida, um caudal de pensamentos e acções verdadeiramente corruptos. Chicago deve ser a cidade do Mundo em que as pessoas trocam maior número de coisas abjectas. Era maldição que pesava sobre ela. E eu não tinha culpa de que essa atmosfera me deprimisse e me desgostasse.

Fui para um hotel pouco conhecido, registei-me, subi ao quarto, tomei um duche e deitei-me nu, em cima da cama, durante meia hora, esperando que a noite viesse e o calor abrandasse um pouco. *Maynard, tens de apanhar depressa Lilly Lilliput e saber o que é feito de Joe Filippo. Agora, mais do que nunca, o tempo aperta. Um beijo à distância, Olga.*

Saboreei o ar condicionado até sentir o corpo fresco. Depois, levantei-me, fiz a barba e tive saudades do meu gira-discos. Apetecia-me ouvir um pouco de qualquer coisa, verdadeiramente escolhida. Abri a mala de viagem, espalhei a roupa pelas gavetas da cómoda e fechei à chave o estojo do silenciador no guarda-fato. Vesti-me, desci ao átrio e procurei a morada do Tempesta na lista de telefones. Encontrei-a, registei-a num papel e dei comigo a sorrir para mim próprio, pensando que os processos de um bom profissional raramente variam porque são escolhidos para abranger todas as espécies de circunstâncias. *Um bom assassino profissional, Maynard, é como um bom actor, um bom político ou um bom vendedor de pentes. Importante é que se saiba o que se está a fazer, com eficiência. E no teu caso, com sobriedade.*

Quando entrei no Tempesta, dei uma olhadela em redor e senti-me, como quase sempre em situações análogas, fora do ambiente. Há algo de verdadeiramente sórdido num bar, o ar desolado dos bêbedos, o ar de expectativa dos candidatos a bêbedos, das mulheres que ficam longamente sentadas até que a velhice as venha sugar. Não fui para o balcão, escolhi uma mesa discretamente iluminada e sentei-me de modo a abranger toda a sala do lugar em que me encontrava.

O bar era mais amplo do que o normal, com um balcão comprido do lado direito e mortiças luzes vermelhas. Tinha muitos espelhos por toda a parte, dando a impressão de que se tratava apenas de um espelho enorme que alguém fizera em cacos e espalhara depois artisticamente pelas paredes e pelos tectos. A atmosfera era pesada, quente e nebulosa, com os farrapos azuis do fumo dos cigarros adquirindo tonalidades violáceas e alaranjadas, desfazendo-se contra as luzes vermelhas. Como em todos os bares do mundo, os homens eram tristes, estavam vestidos de escuro, olhavam para pontos indeterminados, ao longe, ou para dentro de si próprios, e as mulheres arrastavam as ancas entre as mesas, roçavam as pernas pelos bancos do balcão, fumavam cigarros e usavam cabelos compridos, e olhavam em volta com olhos vagamente atentos.

Uma sombra aproximou-se do meu raio de visão, cortando a brancura da toalha da mesa. Foi-me colocada à frente uma garrafa de uísque, levantei os olhos e disse para o homem de casaco branco que estava ainda a meio do gesto.

— Não. Apenas água mineral.

Ele sorriu. Era moreno e forte, tinha uma face larga e brilhante:

— É o primeiro cliente, este mês, que me pede apenas água mineral.

— Úlcera — disse eu.

— Já tive — respondeu ele, piscando o olho. — Mas não convém fazer dieta muito rigorosa. A úlcera é como uma mulher. Não se lhe pode dar muita confiança.

— Pois — disse eu. E também sorri.

O tipo debruçou-se sobre a mesa e o seu rosto alegre tornou-se mais nítido. Era a única coisa que respirava alegria à minha volta.

— Se quiser, trago-lhe um *cocktail* muito pouco alcoólico. A úlcera nem dará por ele. É uma receita minha. E muito mais agradável do que água mineral.

— Seja — respondi.

O tipo piscou outra vez o olho e foi-se embora com a garrafa. Uma ruiva que estava ao balcão, a uns dez metros de mim, voltou-se para trás e pela terceira vez, atirando-me uma miradela rápida. O criado voltou pouco depois com uma bebida amarelada num copo alto e esguio, colocando-o na mesa enquanto dizia:

— Chamo-me Fred.

— Óptimo — disse eu. E sorri de novo.

O tipo piscou-me o olho mais uma vez, o que nele parecia ser um tique ou um hábito, mas no qual adivinhei um gesto maquinal para as pessoas que lhe seriam simpáticas. *Maynard, meu desajustado do inferno, mosca tonta no deserto da vida, agora enterrada numa tumba onde se bebe uísque até os olhos ficarem vidrados, Maynard do diabo, ainda há gente que olha para ti e pisca o olho com ar descuidado, como se tudo entre as pessoas pudesse ser simples e reduzido a uma piscadela de olho. Meu caro Fred, membro cá do clube das úlceras, que já te curaste da tua, que ao fim e ao cabo nunca tiveste úlcera. A úlcera é um estado de espírito, diria não sei quem. Está certo, Maynard. As coisas são como são. É impossível comprar as pirâmides do Egipto. Ora bem, meus senhores e minhas senhoras, há que encontrar Lilly Lilliput, há que escrever mais este parágrafo e fazer silvar o silenciador que calará para sempre Joe Fillipo. Há que fazer sempre mais coisas, beber leite por causa das dores de estômago, limpar a arma, ouvir Mozart, ler Dos Passos e Celine, fazer amor. Olga. Não tenhas pressa, Maynard, não tenhas pressa de coisíssima nenhuma. Os aviões a jacto...*

Alguém disse, de pé, ao meu lado direito:

— Posso sentar-me?

Olhei. Era a ruiva. De olhos rasgados e pestanas muito compridas. Tinha um sorriso que lhe fazia covinhas nas faces. Não era nova, nem velha. Tinha a idade das coisas que estão na idade certa. E era alta, além de ser ruiva, além de ter uma espécie de inesperado pudor que resistia ao facto de ir ter comigo e estar ali à espera que eu lhe dissesse para se sentar. Era o dia das pessoas procurarem em mim não sei o quê, o que me surpreendia por ser em Chicago, a cidade mais odiosa do mundo. Seria?

— Sente-se — respondi.

Ela sentou-se frente a mim, deitou-me um olhar rápido, sorriu e pôs as mãos sobre a mesa.

— Você é um solitário — disse.

— Que bebe? — perguntei.

— Uísque.

Ela fez um sinal com a cabeça e Fred, lá do fundo, fez um gesto de concordância.

— Além de solitário, você é duro.

— Ahn? — perguntei.

— É duro — repetiu ela, batendo as pestanas.

— Pois — disse eu.

— Que está a beber?

— Qualquer coisa que o Fred inventou.

Ela acendeu um cigarro e deitou o fumo para o ar. Tinha mãos brancas e longas, unhas tratadas sem serem envernizadas. As mãos eram mais brancas do que o colo, o colo era mais branco do que o rosto tudo acabava por bater certo, porque a alteração do tom de pele era tão suavemente fugidia como a metamorfose própria das coisas harmoniosas.

— É bom, isso? — perguntou ela.

— O quê?

— A bebida.

— Não é má. É quase doce. Tem um corte amargo que evita que seja enjoativa.

Fred aproximou-se de nós, sorriu para mim e colocou-lhe à frente um copo de uísque.

— Deixo a garrafa? — perguntou ele, apontando com o dedo para a garrafa na bandeja.

— Deixe — disse eu.

Ele pôs a garrafa em cima da mesa e afastou-se. Ela passou a mão direita pelo cabelo junto à orelha e disse:

— Chamo-me Cinthia.

— Bonito nome.

— Estou mesmo a ver — disse ela, passados momentos — que você é um conversador fascinante.

Sorri.

— Depende.

— Quer dizer com isso que a companhia não lhe agrada?

— De modo nenhum. Neste momento, você até é repousante.

— Como um comprimido?

Bebi um longo trago da minha bebida.

— Não faça comparações dessas.

Ela pôs a mão esquerda debaixo do queixo.

— Você é um tipo estranho — disse, fitando-me mais profundamente.

— Estranho, como?

— Não sei — disse ela, hesitando. — Há qualquer coisa de estranho em si, mas que não é desagradável. As mulheres costumam apaixonar-se por si?

— Não — disse eu.

— Claro, tinha que ser essa a resposta — observou ela com ar pensativo. — Você bate nas mulheres e costuma receber dinheiro delas?

— Ahn?

— Não ligue — disse ela, com um risinho. — Olhe que não estou bêbeda. Às vezes, falo assim. Não é por mal.

— Eu sei, Cinthia.

Ela esmagou o cigarro no cinzeiro e olhou-me com olhos sérios.

— Você é realmente à parte.

— À parte?

— Sim. Será que não se interessa por coisa nenhuma?

Fiz rodar o copo entre os dedos e encolhi os ombros.

— Bem — disse ela, passado algum tempo. — Quer que me vá embora?

— Não. Deixe-se estar.

— Ainda bem. E quer que fale e que pergunte coisas?

— Pode ser. — E sorri para ela.

— Bem, já está melhor — disse ela, sorrindo também. — Donde é que você vem?

— De longe.

Ela acendeu outro cigarro e atirou-me duas olhadelas rápidas, seguidas, antes de poisar os olhos no copo e dizer:

— E vem à procura de alguma coisa?

— Venho ver se falo com Lilly Lilliput.

Ela apertou os lábios. Sorriu outra vez, fazendo covinhas nas faces.

— Ela é o seu ponto fraco?

— Tenho imensos pontos fracos. Mas ela não é nenhum deles.

— O que quer você dela, então?

— Nada de especial. Trago recado de alguém que conheci. Estou de passagem e falava com ela, se a visse. Creio que é a dona deste bar?

— É — disse ela, num tom calmo e pensativo. — Pode ser que seja só isso, mas pode ser que não seja. Já perguntou por ela a alguém? A Fred?

— Não. Estava a ver o ambiente.

Ela continuava a atirar fumo para o ar. Acabei a minha bebida e encostei-me para trás.

— Quer que chame Fred?

— Pode ser — respondi.

— Será que você, com toda essa falta de interesse — observou — acaba por ir com ela para a cama?

Sorri e não disse nada.

— É uma mulher madura e interessante.

— Não sei. Não a conheço — respondi.

— Pior.

Debrucei-me de novo para a frente e disse:

— Ela está cá?

— É possível — respondeu. — Pergunta-se a Fred. Tem pressa?

— Nem por isso.

— Então, conversamos mais um bocadinho. Importa-se?

Acabei a minha bebida.

— Não, não me importo — disse-lhe. — De que é que vamos conversar?

— De alguma coisa que lhe interesse. Gostava de saber alguma coisa que lhe interesse para o não aborrecer.

— Você é simpática — observei — mas não é fácil encontrar neste momento qualquer assunto que me interesse, além da possibilidade de falar com Lilly Lilliput. Bem vê, foi isso que me trouxe cá e acaba por ser a única razão por que estou aqui. Não sou homem para ficar a perder tempo nos bares, gastando horas como quem gasta sabonetes. As minhas horas, gasto-as de outra maneira.

Ela apertou outra vez os olhos, dando-me a impressão de ter descoberto qualquer coisa agradável nas minhas palavras.

— Como?

— Ahn? — fiz eu. E estava a olhar para o lado. Não via Fred.

— Como gasta as suas horas?

Comecei a passar o dedo indicador pelo bojo do meu copo vazio.

— Não pense nisso, Cinthia. Agora não vou consigo para a cama.

Ficou séria. Quis ser dura.

— Porquê? É maricas?

Tirei o dedo do bojo do copo, estendi o braço e toquei-lhe com a mão levemente no queixo. Sorri, acompanhando o gesto.

— Desculpe, Cinthia. Não queria magoá-la.

— Ora — disse ela, mexendo a cabeça para a esquerda — já me têm dito coisas muito piores. Não é você o primeiro homem que não quer ir comigo para a cama, mesmo quando eu o convido.

Fiquei calado. Ela disse, enquanto riscava a toalha com a unha do dedo polegar:

— De resto, tive a impressão de que você ia recusar-me. Quer saber uma coisa? Sinto a atracção do abismo. A meia dúzia de homens que, até hoje, convidei a irem comigo para a cama, recusaram. Moral: nunca se deve convidar um homem para a cama.

— Pois — disse eu. — É mais ou menos isso, mas não é só isso.

Ela respirou fundo.

— Então o que é?

— O quê? — perguntei, enquanto sorria.

Ela encolheu os ombros e sacudiu os cabelos.

— Você é incrível.

Fiquei outra vez calado. Como ela não dissesse nada, disse-lhe a certa altura.

— Cinthia — e pus uma certa doçura na voz.

— Ora — disse ela — acabe com esse arzinho paternal. Não se aguenta.

— Creio que vou pedir a Fred outro *cocktail* — observei calmamente — e, além disso você não pode estar louca por mim, Cinthia. Isso não pode ser importante, isso não é coisa nenhuma. Conhece-me há meia dúzia de minutos.

Pela primeira vez, olhou-me com olhos verdadeiramente magoados.

— Você fez-me lembrar um pulha de Cincinnati, uma coisa que me ficou atravessada. Já me tinha esquecido da cara dele. Vá à merda. Vou mandar Fred à sua mesa.

Levantou-se e voltou para o balcão. Sentou-se no banco em que estivera antes. Ficou de costas para mim. Fez um sinal ao *barman*. Desviei os olhos dela e fiquei à espera.

Dois minutos depois, apareceu Fred, ostentando o seu sorriso facilmente feliz. Debruçou-se sobre mim.

— O que queria o senhor de *miss* Lilliput?

Ergui os olhos para ele.

— É pessoal, Fred. É só com a senhora. Mesmo só com a senhora.

O sorriso dele tornou-se um pouco matreiro, de uma expressão nova para mim.

— Muito bem. E não quer dizer o nome?

— Ela não me conhece, Fred.

— Ah — fez ele.

— Olhe, traga-me outro *cocktail*.

O sorriso acentuou-se.

— O melhor que há para as úlceras, não é?

— Pois — disse eu.

Ele foi-se embora. Tinha o andar elástico dos homens simultaneamente práticos e disponíveis. Desviei os olhos para as costas de Cinthia e quase tive vontade de a chamar. *Maynard, meu miolos de galinha, não há razão nenhuma para te meteres com Cinthia na cama, dar-lhe o ombro para ela chorar e desfiar o seu rosário de desventuras com o pulha de Cincinnati. Não sejas criança, Maynard. Aguenta mas é por Lilly, que Lilly é que pode saber alguma coisa que te interesse. Que te interesse, meu velho? Ora, Maynard, porque vais tu matar Joe Filippo? Já não há mais dinheiro em causa e até é possível que Joe Filippo tenha um rancho de filhos à sua volta e vá todos os dias para o emprego a horas certas. Quem és tu, Maynard, para levares até ao fim coisas que não há necessidade nenhuma de fazeres? Em nome de quê, Maynard, trazes tu no sangue a febre de matar Joe Filippo?*

Dei comigo a surpreender-me a mim próprio, quase abandonado pela minha lógica num bar qualquer de Chicago, a cidade odiosa. Joe Filippo já não representava fosse o que fosse, só a curiosidade é que me poderia levar a procurá-lo. *Que espécie de curiosidade, Maynard? Tens de ter cuidado contigo, meu rapaz. Será que andas a matar pessoas como quem procura um sentido na vida? Alto, alto. Um pouco de lucidez não te faz mal. Procuras Joe Filippo porque há um desenvolvimento normal em toda a acção, porque esclarecer é o fim, embora não seja às vezes coisa nenhuma.*

E enquanto procuras Joe Filippo não te chateias com outra coisa qualquer.

Olhei outra vez para as costas de Cinthia, mas agora ela tinha a cabeça voltada para mim. O rosto ficava-lhe na sombra, mas eu fixei-lho. Desviou a cabeça e começou a beber pequenos goles de um copo que segurava na mão esquerda. Fred, que prosseguia infatigavelmente a sua maratona, aproximou-se da minha mesa, largou o copo de líquido amarelado, piscou o olho e seguiu.

Cinco minutos depois, tinha eu já a minha segunda bebida em meio, abriu-se um porta ao fundo do balcão, à direita, e uma mulher atravessou a sala na minha direcção, arrastando um vestido comprido e vermelho e mostrando os braços nus e maduros. Aproximou-se da minha mesa, puxou uma cadeira sem me dizer nada e tirou uma fumaça de um cigarro enfiado numa longa boquilha branca. Sentou-se e olhou para mim. Tinha cabelo escuro, artisticamente despenteado, de uma altura invulgar, recolhido um palmo acima do couro cabeludo. Os olhos cor de chá forte eram muito vividos e perscrutadores. Tinha um rosto miúdo, um sinal na face direita e uma frescura natural de gestos que resistia ao assalto da idade. Infinitamente mais velha por dentro do que por fora, não escorria dela uma gota de ilusão.

— Que deseja? — perguntou-me de uma maneira directa, demasiado directa.

Franzi os lábios e perguntei:

— Bebe qualquer coisa?

— Não.

Ficámos calados alguns segundos. Depois, eu disse:

— Lilly, não esteja nessa defensiva despropositada. Não me vou atirar a si. Queria falar consigo por causa de uma pessoa que você conhece.

Os olhos dela endureceram.

— Seja isso táctica ou não, a verdade é que não sei a razão por que tenho de estar a ouvi-lo. Ainda não me disse e tenho mais que fazer.

Acenei com a cabeça.

— Pois.

— Pois, o quê?

— Fui-lhe antipático de caras e isso não me facilita as coisas. Queria pedir-lhe que me dissesse o que pudesse acerca de Joe Filippo.

O corpo dela retesou-se por momentos. Depois, murmurou:

— Quem é você?

— Alguém que procura Joe Filippo. Preciso de o encontrar.

Ela fumou longamente, lançando aspirais de fumo com uma pose de cinema mudo, mas que nela nem sequer era ridícula, porque estava cheia de graça.

— O tipo fez-lhe alguma malandrice?

— Não é bem isso — respondi. — Não me fez nada. Preciso de encontrá-lo, é tudo.

— Meu filho — disse ela, debruçando-se para a frente — há muito tempo que não vejo esse estupor. Você até tinha sido um rapaz muito simpático se não me viesse falar nele.

Sorri.

— Hoje, é o meu dia de várias coisas, incluindo o de lembrar pessoas que ninguém quer lembrar.

Ela olhou-me outra vez bem a direito. Havia qualquer coisa de extremamente directo e sólido no olhar dela.

— Que quer dizer?

— Nada. É cá uma coisa. Certo é que preciso de encontrar Joe Filippo.

Bebi outro gole do meu *cocktail* e disse:

— Sei que ele esteve em Chicago há anos. Sei da sua ligação com ele. E pensei que poderia encontrar aqui uma pista que me pudesse fazer chegar ao homem. De resto, nem tenho muito tempo para fazer isto. Se você falha, tenho de desistir da ideia.

— E qual é a sua ideia? — os olhos dela continuavam colados ao meu rosto.

— Bem, não o vou levar ao cinema.

Vi-lhe os dentes pela primeira vez. Tinha dentes pequenos e brancos e um sorriso que lhe fazia a cara mais miúda.

— Bem, bebo agora qualquer coisa.

Levantou o braço direito e fez um sinal com os dedos para o balcão. Cinthia estava outra vez a olhar para o meu lado. Fixei-lhe de novo o rosto, ainda na sombra. Lilly cortou-me a visão, passando a mão esquerda à frente dos meus olhos. Desviei-os para ela e vi-a sorrir de novo.

— Conhece Cinthia?

— Conheci-a há pouco. Esteve a beber um uísque na minha mesa.

— Oh — disse ela e fez um pequeno círculo com os lábios, arregalando os olhos. — Cinthia não costuma sentar-se nas mesas dos clientes. Foi você que a convidou?

— Não. Creio que foi ela que me achou solitário.

— Cinthia não costuma olhar muito para os homens. E desde que estou aqui já virou três ou quatro vezes a cabeça para trás. O que é que você lhe pôs na bebida?

— Creio que lhe lembro um pulha de Cincinnati.

— Oh — disse ela, outra vez, mas sem formar círculo com os lábios. Puxou outra fumaça, olhou para o lado de Cinthia e observou: — Você é tão parecido com o pulha de Cincinnati como com o Robert Taylor. E daí, talvez as mãos.

— Ahn?

— Digo eu, as mãos. Você tem as mãos parecidas com as do pulha de Cincinnati. Eu conheci-o. Tinha mãos capazes de fazerem muitas coisas, boas e más, maravilhosas e horríveis. Eram frágeis e fortes. Esse pulha de Cincinnati também passou por mim como um meteoro. Foi há pouco tempo. Muito depois de Joe Filippo.

Olhei para as minhas mãos e lembrei-me do que elas faziam. Comecei a assobiar baixinho. Fred aproximou-se e pôs um cálice de brande à frente dela.

— Lilly — disse-lhe, a certa altura — já estou a ver que o pulha de Cincinnati tinha qualquer coisa, como vocês dizem, mas…

— Você também tem — atalhou ela, com os olhos obstinadamente presos aos meus — mas por razões diferentes. Livra, não me queria apaixonar por si. É um homem… como dizer… fugidio. Ainda nem consegui perceber a cor dos seus olhos.

— Pois — disse eu. — Mas quanto a Joe Filippo?

— Quanto a Joe Filippo, só posso dizer-lhe que não me deixou qualquer recordação. Quando digo qualquer, é certo. Não sabia dizer uma palavra a uma mulher, não sabia olhar uma mulher e era de uma vulgaridade espantosa na cama. Um certo dia, fugiu-me, levando o meu dinheiro e deixando-me um bilhete de despedida. Um bilhete horrível, sem nenhuma daquelas frases que uma mulher gosta que lhe dirijam, embora seja o pagamento de uma grande pulhice.

— E depois? — perguntei.

— Isto foi há oito anos — disse ela, semicerrando os olhos e bebendo um pequeno gole do seu cálice. — Nunca mais o vi nem soube dele. Também nunca o procurei. Era capaz de voltar se o procurasse. Mas era um tipo reles, que não valia um passo ou um pensamento.

Passou-lhe de relance, pelo rosto, um sombra de emoção tão rápida, que quase tive dúvidas que a tivesse realmente visto. Mas sei como adquiro certezas através de relances.

Minha filha, bela Lilly, Joe Filippo ainda está lá dentro, não sei a que profundidade, mas está lá dentro. Oito anos não sararam a ferida. Mas o que me interessa saber é se posso chegar a ele, através de ti. Se posso encontrar em ti, fêmea ultrajada, a cúmplice ideal.

— Quando ele desapareceu, falou-se de alguma história? — perguntei.

— Que história?

— Pergunto se houve qualquer coisa relacionada com o desaparecimento dele? Se ele não fugiu de qualquer coisa, se não houve um escândalo…?

Ela tirou o cigarro da boquilha, esmagou-o no cinzeiro e cortou-me a frase com um olhar. Começou depois a brincar com a boquilha e a olhar para mim como se tentasse adivinhar o que eu ao certo pretendia. Finalmente, disse:

— Sim, houve qualquer história suja com uma mulher. Parece-me que foi por causa disso que ele se foi embora. Creio mesmo que houve um polícia que veio falar comigo. Mas foi há tanto tempo...

Fiquei calado, alerta, esperando mais informações.

— Você é da Polícia? — perguntou ela, de olhos brilhantes.

— Não.

— Então, o que é você? Por que razão hei-de estar a contar isto? Não o conheço.

Baixei a cabeça, bebi o último gole da minha bebida e olhei para o lado. Falei sem a fixar.

— Se eu fosse polícia, você contava-me? Não sou polícia, mas tenho que encontrar Filippo, porque ele é o último elo de uma história complicada. Gosto que as histórias tenham um fim.

Ela continuou a brincar com a boquilha e também tirou os olhos de mim.

— Você que bater em Filippo, ou denunciá-lo?

— Denunciá-lo, não.

— Ah — fez ela. Depois perguntou: — Que espécie de porcaria fez ele? É alguma coisa que tem que ver com o desaparecimento dele há oito anos? É essa a história?

A insistência dela não me estava a agradar muito. Fiquei calado, rolando o copo entre os dedos.

— Você não diz nada. Como espera que o ajude?

Havia um tom de desafio na sua voz.

— Você ajuda-me, se quiser e se puder. Já lhe disse que não o vou levar ao cinema — disse eu, continuando a olhar para o lado.

Ela deixou passar alguns segundos antes de dizer:

— Não sei que faça. Você não me merece muita confiança. Além disso, o que sei agora para você o encontrar é muito pouco. Passaram anos, não faço a mínima ideia onde poderá ele parar.

Olhei para ela com olhos apertados.

— Tudo pode ajudar. Um amigo dele, que você conhecesse, em qualquer parte do país, família, o seu aspecto físico. Qualquer coisa que seja uma pista. Algo por onde eu possa começar.

— Nunca lhe conheci família. De resto, ele não era de cá. Apareceu cá. Maldito momento. Quanto ao aspecto físico, agora deve estar gordo. Já estava a engordar nessa altura. Deve estar um pote.

Disse isto e fez um sorrisinho de desdém, pouco convincente. Eu começava a sentir-me o intruso que vem arrancar recordações dolorosas, um bisturi humano que vasculha tempo sepultado.

— Lilly — disse-lhe — isso dele ser gordo já é qualquer coisa. — E sorri.

Ela voltou a mexer na boquilha, desta vez só com a mão esquerda. Pô-la de pé em cima da mesa. Respondeu:

— Isso dele ser gordo é uma maneira de falar. Pode ser que esteja na mesma.

— Pois — observei. — Que idade tem ele?

— Deve andar pelos quarenta. Também nunca soube ao certo a idade desse tipo. Ao fim e ao cabo, tenho a impressão que nunca soube nada dele.

— Lilly — disse eu.

— Que é? — fez ela, um pouco na defensiva.

Baixei os olhos.

— Peço desculpa se tenho estado a magoá-la, puxando por recordações desagradáveis.

Ela encolheu os ombros.

— Não faz mal. De resto, nem sei sequer se são desagradáveis. — Olhou para mim a direito mais uma vez. — Por que não falamos um pouco de si?

— Não há nada a dizer. Sou apenas o tipo que procura Filippo.

— A sério — disse ela, continuando a fitar-me. — Você quer fazer-lhe muito mal?

— Depende.

— De quê?

Afastei os olhos dos dela.

— Nem eu sei — respondi. — Depois de o ver, de possivelmente o ouvir, é que decidirei. Isto de procurar Filippo é uma espécie de teimosia minha.

— Deus, que obstinação — disse ela, com certo ar grave.

Sorri.

— Bem, não é nada de patológico. Espero.

— Não sei — disse ela, também com um sorriso. — E eu devia estar mais chateada por você querer fazer mal a um homem que dormiu quase dois anos na minha cama. E que lhe terá ele feito, afinal?

— A mim, nada, Lilly. Mas prometi a um homem que já morreu que haveria de o encontrar.

— Se ele já morreu, pronto — disse ela. — Deixe isso.

Abanei levemente com a cabeça.

— Não é assim tão simples. As coisas não são tão simples.

— Bem — disse ela, respirando fundo — tem um cigarro?

— Não fumo.

Ela fez outro sinal com os dedos e uma vendedeira de cigarros aproximou-se da nossa mesa, deixando um maço à frente dela. Foi-se embora e eu fiquei a olhar-lhe para as pernas bem feitas, envolvidas em meias negras. Por associação de ideias, virei a cabeça depois para o balcão, onde Cinthia continuava na mesma posição, de costas para mim.

— Que decide? A vendedeira de cigarros ou Cinthia? — observou ela, desta vez com olhos de chá morno.

Sorri e não disse nada.

— É má criação estar um cavalheiro com uma senhora à mesa e olhar para outras mulheres. É acabrunhante. Para a senhora, claro.

— Não estamos interessados um no outro, Lilly. Estávamos a falar de Joe Filippo.

— Quem lhe disse que eu não quero ir consigo para a cama?

— Não sei, realmente — respondi. Passei outra vez o dedo indicador da mão direita pelo bojo do copo. — Quer?

— Talvez. — Ela passou a mão pelo cabelo. — Talvez na cama consigo consiga ver a cor dos seus olhos.

— Pois — disse eu.

Ela ficou à espera que eu dissesse mais qualquer coisa, mas eu não disse. Por fim, resolveu-se:

— Sou alguma coisa para deitar fora? — perguntou.

— Não, não é — respondi baixinho. — Vamos para a cama quando você quiser.

— Porquê? Porque quer saber coisas sobre Joe Filippo?

— E você não quer saber a cor dos meus olhos? Não andamos cá todos a procurar saber coisas?

Ela abriu o maço de cigarros, tirou um e meteu-o na boquilha. Puxou de um pequeno isqueiro doirado, de qualquer sítio do seu vestido flamejante, e acendeu-o.

— Espertinho — disse.

— Ahn?

— Disse que você era espertinho. Agora, já não sei se é táctica.

Abanei um pouco a cabeça.

— Não compreendo.

— Evidentemente. Mas o que está em discussão é se você vai ou não tomar uma bebida ao meu apartamento.

— Vou — disse eu.

— Vamos passar um momento agradável ou vamos falar sobre Joe Filippo?

— Há tempo para tudo.

Ela acabou de despejar o cálice de um trago, lançou uma longa fumaça e disse, fitando-me de viés:

— Você pode ser um tarado sexual, ou qualquer coisa assim. Nunca se sabe.

— Pois. Nunca se sabe.

— De onde vem?

— De vários locais. O último por onde passei foi Frisco.

— Mas onde vive? Ou é um nómada?

— Normalmente, vivo em Nova Iorque.

— E veio aqui por causa de Joe Filippo?

Sorri. Encostei o polegar da mão direita aos lábios e assobiei baixinho antes de dizer:

— É curioso. Disse-me alguém, e tenho razões para supor que é verdade, estar Joe Filippo em Nova Iorque. E eu venho de lá para aqui por causa dele.

— Sim, não faz muito sentido — disse ela, com olhos um pouco apertados. — Mas também é verdade que Nova Iorque é muito grande.

— Pois.

— Você podia ter contratado alguém para o descobrir em Nova Iorque — disse ela, com o ar de quem se lembra de qualquer coisa importante. — Esses investigadores particulares, ou lá o que é.

— Nova Iorque está-me interdita neste momento.

— Interdita?

— Pois.

— O que é? Teve de fugir?

— Mais ou menos.

— Filho, você é um barril de pólvora. E ainda por cima misterioso.

— Não é de propósito — disse eu, com um sorrisinho.

— Isso ainda é mais interessante — respondeu ela. Fez uma pausa e continuou: — Quer dizer que você veio aqui procurar-me para ver se encontra qualquer coisa que o leve a Joe Filippo. E quem lhe falou em mim?

— Um tipo.

— Que tipo?

— Um tipo que a conhece. Não interessa.

Ela ficou um momento calada.

— Se calhar, você é da Polícia. Não vou para a cama com polícias — acabou por dizer.

— Não sou polícia, Lilly. Já lhe disse.

— Então, o que é? O que é, além de ser o homem que veio de longe, com uma cor de olhos indefinida e mãos estranhas?

— Não queira quebrar o encanto — disse eu. — Assim é que está bem.

— Shane — murmurou ela.

— Ahn?

— Você é o Shane. Vi numa fita de *cow-boys* um tipo assim. Uma fita com o Alan Ladd. Também vinha de longe. Mas vinha a cavalo e usava pistola.

— Não vim a cavalo.

— Usa pistola?

— Ta, ta — fiz eu, de dedo no ar. — Não queira quebrar o encanto.

Olhei para o lado e apanhei outra vez o rosto de Cinthia voltado para mim.

— Você é incorrigível — disse Lilly.

— Cinthia é triste e romântica — disse eu.

— Também eu sou — observou Lilly, fitando-me outra vez nos olhos.

— Não, você não é. Você estimula a imaginação, procura emoções mas dificilmente as encontra. Há em si um desespero, mas adulto, controlado. Você é uma mulher crescida.

Ele tirou o cigarro da boquilha, e esmagou-o no cinzeiro, torcendo-o com força.

— Isso é um cumprimento?

— Não sei. Parece-me, principalmente, um facto.

— Deus — disse ela, baixinho, passando as mãos em volta dos braços. — Você tem a mania que sabe ler nas pessoas?

Baixei a cabeça e fitei a brancura da toalha.

— Sou apenas um bocadinho observador. E depois digo coisas que podem estar certas.

Ela teve um sorriso irónico e disse:

— Se calhar, ainda acaba por me ler a sina.

— Talvez, se você me der informações úteis sobre Joe Filippo.

Sorrimos abertamente um para o outro. E ela disse:

— Vou andando. O meu carro é um Mercedes castanho, está a cinquenta metros daqui, quase ao fundo da rua. Espero por si.

Levantou-se, seguiu de cabeça bem levantada, cruzou a porta por onde tinha aparecido e eu fiquei alguns momentos de olhos semicerrados, já farto do fumo que enchia o ambiente.

Cinthia falava agora com um homem que estava sentado num banco ao seu lado direito.

Minutos depois, fiz sinal a Fred e paguei a minha conta. Levantei-me, troquei com ele um último sorriso e dirigi-me para a saída. À porta, olhei para trás, antes de empurrar o batente.

Cinthia não olhou para mim.

TREZE

O quarto era de um rosa quente, havia muitas rendas para afastar com as mãos, quer em volta da cama, quer nela. Lilly era uma mulher perfeitamente identificada com tudo o que pode fazer um homem feliz. Quando lhe passei os dedos pelo braço esquerdo, demorando-me na marca feita por uma vacina, ela disse:

— Está quieto.

Fiquei quieto, mas ela não demorou a dizer:

— Tens a mão quente.

— Pois.

Desci a mão quente ao longo do dorso branco e bem torneado. Ela entreabriu ligeiramente os lábios, passou o braço esquerdo em volta do meu pescoço e arrastou um pouco a renda com o gesto. Debrucei-me mais sobre ela, beijei-a ao de leve na boca, muitas vezes, e ela perguntou a meia voz:

— Qual é o teu primeiro nome?

— Peter — disse eu.

Quando lhe meti a mão esquerda pelo *soutien* e fiz saltar o botão, ela apertou-me mais. Dois minutos depois, dizia-me ao ouvido, enquanto me dava pequenas dentadas no lóbulo da orelha:

— Peter.

Pronunciou o meu nome, em voz baixa, mais meia dúzia de vezes, até que a certa altura deixou de falar e a sua respiração tornou-se ofegante.

— Peter, então, não sejas louco.

Tinha uma carne simultaneamente macia e dura, de uma brancura a escapar admiravelmente para cor de marfim polido. A boca era pequena, ávida, e tinha nos braços uma imensa força nervosa. Quando meia hora depois, lhe passei o indicador da mão direita pela pálpebra do olho esquerdo, reconheci o olhar de chá morno, mas desta vez apático, fixado em distâncias remotas.

— Peter — disse ela.

Mais do que um disco partido, ela era a imagem definitiva da fêmea mergulhada na maior das tranquilidades. Começou a passar-me a mão pelo rosto e disse qualquer coisa de novo:

— Tens de fazer a barba.

Beijei-lhe as pontas dos dedos e perguntei:

— Quanto a Joe Filippo?

— Quanto a Joe Filippo o quê? — disse ela. — Ah, é verdade, Joe Filippo.

— Pois — disse eu.

— É verdade, existe um Joe Filippo — observou ela, empurrando os cabelos para trás com a mão esquerda.

Levantei-me, sentei-me na borda da cama e ela disse-me:

— Dá-me um cigarro.

Tirei um cigarro, acendi-o e passei-lho. Ela começou a fumar lentamente, engolindo muito fumo e fechando os olhos.

— Peter — disse ela — gosto das tuas costas.

Passou-me a mão pelas costas. Eu disse, olhando em frente, por entre rendas e um horizonte rosa:

— Pois.

Passado um minuto, voltei-me para trás e olhei-a nos olhos.

— Que posso eu saber sobre Joe Filippo que te possa interessar? — perguntou.

— Não sei. Procura na memória.

— Espera — disse ela, passando a unha do dedo mínimo pela curva do pescoço — espera, que talvez tenha qualquer coisa para ti. Se eu encontrasse a foto…

— Uma fotografia dele? — perguntei.

Ela saiu da cama, afastando rendas com as mãos pequenas. Tinha adquirido subitamente uma vida nova.

— Se eu soubesse onde tenho isso — disse, entredentes.

Abriu uma gaveta do toucador e tirou de lá uma caixa quadrada, de prata velha, que abriu com uma pequena chave. Fiquei à espera, a cinco metros dela, a assobiar baixinho e a pensar. *Uma foto, Maynard, era qualquer coisa. Era um ponto de partida. Com uma foto do homem seria possível chegares onde queres.*

Passados momentos, ela voltou-se para mim

— Cá está ela. — E tinha uma foto na mão.

— Dá-ma.

— Não. Quero primeiro um beijo. — Levantou a cabeça e estendeu-me os lábios, enquanto colocava as mãos atrás das costas, escondendo a fotografia.

Aproximei-me dela, envolvi-a nos meus braços e beijei-a.

— Mais um — disse ela.

Troquei sete beijos por uma fotografia.

CATORZE

Há meia hora que andava para trás e para diante, no meu quarto de hotel, em Chicago. Comecei a massajar a zona dorida do estômago com as mãos abertas. Respirei fundo mais uma vez. Levantei o auscultador do telefone e pedi uma garrafa de leite. Imediatamente.

O criado veio três minutos depois. Recebi a garrafa de leite, enchi um copo e bebi-o. Continuei a andar de um lado para o outro durante algum tempo. A dor não abrandou. Deitei-me de costas, na cama, uns dez minutos, continuando a massajar o estômago. A dor começava a desaparecer, mas voltava depois com mais força, até que se desvanecia de novo. Fechei os olhos e virei a cara para o lado. O dia já ia alto e uma onda de calor aproximava-se implacavelmente.

Chatices, toda a gente tem, Maynard. Não é pior estar aqui, num esquecido quarto de hotel de Chicago, com uma úlcera que é uma broca, do que ter um cancro na garganta ou uma perna gangrenada. Não é pior andar a monte, sozinho entre as pessoas, escondendo o rosto dos espelhos, fugindo com o corpo a balas que têm um nome inscrito, do que morrer de sede no deserto do Saara ou de fome num campo de concentração. Maynard, viver é pagar um preço. Viver é acumular horas que depois se sabe terem sido desperdiçadas, porque não são mesmo para outra coisa. Isso que se chama experiência, pegar nas coisas com os dedos e vê-las com os olhos, que deixa na boca um prazer a fel é mesmo assim, porque não pode ser de outra maneira. Chorar no próprio ombro é, além de esteticamente desaconselhável, um preciosismo humano quase odioso, se há razão, e tem que haver, para falar em nome de uma certa virilidade que é a tua tão antiga e dolorosa máscara. Surpresa, Maynard, surpresa? O homem que se surpreende não é adulto. Cada vez que damos um passo temos de pôr o pé em qualquer coisa, elemento sólido ou líquido, ou vácuo. Seja o que for, está certo, porque se não estivesse certo não seria. Isso de tu te precipitares porque não esperas o vácuo, é uma ingenuidade. É difícil de suportar a ideia, Maynard, de haver ainda em ti uma ingenuidade ancestral, o menino que ficou lá atrás a olhar para os brinquedos que os outros meninos te hão-de emprestar (quando, Maynard, quando?), os dedos lambuzados de manteiga, a cara parada, a manga da camisola rota, suja de ranho. E depois, pensas em termos de solidão, meu velho, essa coisa com que te entreténs nas horas de ócio ou nas outras, supondo que afinal és alguma coisa que se pode sentir profundamente, que olha a madeira que os outros são, flutuando sem destino em rios de superficialidade. Oh, Maynard, homem profundo, homem de poses, deixa-me rir. Não há nada que possa esclarecer essa imensa confusão que há dentro de ti e na qual te deitas para morrer todos os dias, envolvido na volúpia de seres vítima de ti próprio, masoquista desactualizado. E ressuscitas outra vez viril, bebendo leite por causa da úlcera que tens, afinal, de trazer contigo toda a vida. Se não tivesses estômago, trazias a úlcera num olho, ou num dedo do pé, ou num dos teus belos compartimentos secretos da intransmissível personalidade. Meu filho, é aí que a tens, passas por ela a pomada dos livros que lês, mas a receita muitas vezes está errada, tu já sabes que não há doenças, há doentes, que és um doente incurá-

vel de uma coisa qualquer que és tu mesmo, que talvez te fizesse fu-
gir de ti a sete pés, se soubesses o que era.

Levantei-me e olhei para o espelho. *Quando Lilly disse que*
tinhas de fazer a barba, observou algo de verdadeiramente concreto.
Tu, Maynard, és um idiota chapado, daqueles que devia ser proi-
bido existirem, porque atrasam a própria vida e a dos outros. Estás
com febre, rapaz. Precisas de um termómetro, de uma injecção, e
cama. Mas deixa-te estar assim, perante a própria agudeza dos sen-
tidos, ferindo-te neles a cada movimento que fazes, ferindo-te mais
por cada tentativa de libertação. Libertação de quê, Maynard? Não
sejas estúpido e encara as coisas como elas são. E de uma vez para
sempre. Libertação não é nada. Livre é o mar (Camus). E o gosto das
citações, ah, o gosto das citações. Quando te citas a ti próprio, o que
é de um mau gosto incrível, citas os outros, o que é uma irremediável
estupidez, porque não é coisa nenhuma. Tu és tu, Maynard, só tu,
sombra perdida do corpo, à espera de o recuperar com comprimidos
para o estômago, Beethoven, os braços de Olga, uma cor azul sobre
todas as coisas, de um azul desbotado ou de um azul-forte, as tona-
lidades românticas do teu temperamento perdido entre continentes
de pessoas, as que te pagam, as que procuras com o silenciador enfia-
do na Beretta, as outras, que não são coisa nenhuma, «bom-dia»,
«Maynard é um duro», «Maynard é a autêntica mão direita do
diabo». «Eu diria, rapaz, que és a mão esquerda de Deus». (Johnny
Arteleso). Uma pessoa procura assemelhar-se à imagem que inven-
tam dela, e depois é um esforço muito grande, há que espalhar um
pouco de justiça por todas as coisas, que a mão esquerda de Deus é
o que está certo, como o negativo de uma fotografia, que está certo
ao contrário. Para além da febre que te abrasa, dos quase 40º que se
apossaram de ti, há em toda essa lengalenga uma verdade imensa e

dura como o deserto de Nevada. Recolhe a sombra, Maynard, olha
para o espelho, e canta. Canta o sol que nasce todas as manhãs, a
despeito de tudo, principalmente de ti próprio. Vem aí uma vaga
de calor que não é brincadeira nenhuma. Depois de te passar a fe-
bre, ficas ok.

Dei alguns passos pelo quarto, peguei outra vez no copo,
despejei-lhe dentro o que restava do leite na garrafa, bebi-o e
sentei-me na borda da cama. Depois, levantei-me, abri um
pouco mais a janela que estava apenas entreaberta e voltei para
a cama, desta vez deitando-me ao comprido. *Não estás quieto,*
Maynard, tens um bichinho dentro de ti, ou então é a febre, a que
tens no corpo, e todas as outras febres, as de descobrires coisas que
não devias descobrir porque te fazem mal, porque afinal tu és pura
e simplesmente o tal rapazinho que nunca deixaste de ser, trémulo
perante as coisas, eternamente desabituado de olhar a verdade de
frente, e agora já velho, de cidade para cidade, olhando as paisagens
que encontras quando te voltas para dentro, os lugares mais desabi-
tados do mundo atrás dos teus olhos fechados. Merda para isto, a
febre há-de passar, e então tudo será mais simples, isso de te senti-
res desgraçado é muito menos profundo do que parece, de resto até
acho que resolvo o assunto numa penada e nunca mais penso nis-
so. Que esperas tu das pessoas, Maynard? Olha para ti próprio e vê
lá o que vês. Não olhes, rapaz, não penses nisso, assobia, olha para
as pernas das garotas, limpa a arma e segue em frente. Tenho sau-
dades tuas, Olga, saudades do cheiro do teu corpo, esse longo e doi-
rado país de carne onde a minha solidão se perde por momentos.
Tens de telefonar a Johnny, pensa no que vais fazer, tens de fazer
tudo em ordem, arrumar o assunto e partir para a Europa. Neste
momento, Maynard, impõe-se que domines a febre, que sejas de

novo tu próprio, aquele que tem uma armadura rutilante para de-
fender o outro, que se esconde nos desvãos do medo e do silêncio. Tele-
fonas a Johnny, ele vem cá com Lucky Cassino, arrumas o assunto,
esqueces esta merda toda, mandas a fraternidade humana para onde
ela deve estar, nos canos de esgoto, em todos os canos de esgoto do
mundo. Raios te partam, Joe Filippo, raios partam esta merda toda,
raios te partam pelo meio, Maynard, que és o maior parvalhão que
alguém terá descoberto à superfície da Terra. Mas, afinal, quem te
mandou a ti andares atrás de qualquer coisa que, fundamentalmen-
te, não interessava? Porque não aprendeste ainda a técnica de parar
no momento próprio, porque não sabes escolher o segundo exacto,
meu filho da mãe eternamente atrasado em relação aos relógios cer-
tos? Estou a gostar de te ver, mais duro do que há pouco, a febre tal-
vez esteja a passar, o leite fez-te bem, o leite faz-te sempre bem,
havia de ser lindo se tivesses de viver sem leite. Vais mas é telefonar
para Johnny, já disseste isso uma data de vezes. Pois. Regressas len-
tamente à tua claridade, essa velha luz que te encadeia e te não
deixa ver exactamente como és. Para sorte tua, meu velho, estes mer-
gulhos numa intimidade sem pudor, são raros, não porque o apelo
não seja constante, mas porque raras vezes estás desarmado ao pon-
to de não poderes reagir. Foge da febre, pequeno, foge das pequenas
e violentas notícias que não vêm nos jornais, foge das emoções como
agulhas, desprende-te de tudo isso, aperta a Beretta na mão, pois,
vê se dormes um pouco, mas dormir com febre é a certeza de pesa-
delos. Telefonas, desta vez não para Johnny, mas para o... o... o
coiso, lá de baixo, que te mandem uns comprimidos para a febre,
vê lá se não perdes o fio de lucidez que te sustenta, telefona para o
coiso, para o tipo lá debaixo, ele que te mande um comprimido.
Um comprimido visto através de uma lente de aumentar parece a

Lua quando está mais próxima da Terra, uma lua encomendada para os namorados, não para ti, Maynard, bicho nocturno, velha toupeira kafkiana, lá estás tu com as imagens literárias, nem mesmo derreado perdes esse maldito vício.

A minha mão procurou o auscultador do telefone, levantou-o, e fiquei a ouvir uns estalidos, seguidos de zunzuns, enquanto uma voz se sumia ao longe, entre castanholas, talvez em Espanha, com um toiro à esquerda e Hemingway à direita, «*esta maneira de procurar a morte ardentemente*» (*sic, não sei de quem, nem interessa*). E daí, não eram castanholas, mas alguém batendo os dentes, *Maynard bate os dentes, desliza lentamente para um fundo sem cor, agarra-se a farrapos de nada, lá vai ele, ardendo em febre, com uma vontade enorme de se atirar de cabeça para uma piscina sem água. Se morrer for assim, vamos a isto, até porque na praia, uma criança larga um papagaio de papel.*

Tenho que tele… tele… telefonar a Johnny. Deixa de limar as unhas, Johnny.

QUINZE

— Sentem-se — disse-lhes.

Cassino pôs em cima de uma cadeira a pasta de cabedal que trazia com ele, puxou de um cigarro, acendeu-o, sentou-se e olhou para Johnny com ar interrogador. Este ficou alguns segundos de pé, mordeu o lábio inferior e acabou por puxar também uma cadeira, sentando-se de frente para mim. Atirou o tronco para trás, encostando as costas ao espaldar, e juntou as mãos.

— Que se passa, Peter? Não estás com muito bom aspecto.

— Tive febre, mas já estou bom. Trataram de mim aqui no hotel. Estive de molho vinte e quatro horas.

Levantei-me da borda da cama, meti a camisa dentro das calças e comecei a andar de um lado para o outro.

— Ahn?

— Estava eu a dizer — disse Cassino com um sorriso — que viemos o mais depressa possível. Trago os vinte mil dólares que me pediste, a parte que me tocava neste negócio. Bem, precisas deles, se calhar. Johnny Arteleso disse-me…

— Pois — interrompi eu, num tom muito forte.

Continuei a andar de um lado para o outro, sabendo-me bem desentorpecer as pernas. O estômago já não me doía. Parei frente ao espelho e vi uma barba de três dias do lado de lá. Tinha os olhos um pouco brilhantes, mas estava já de posse da

minha energia normal, ainda acrescentada de um grande desejo de acção.

— Peter — a voz de Johnny era macia — vim logo que
pude. Que se passa?

— Passa-se — disse eu, dando passadas largas pelo quarto
— que vou fechar a porta à chave e conversar um pouco.

Aproximei-me da porta, fiz rodar a chave e depois meti-a
no bolso. Sentei-me na borda da cama, do outro lado, de costas
para Johnny e de frente para Cassino. Estendi a mão para a mesa-
-de-cabeceira, agarrei a fotografia que me tinha dado Lilly e disse para Cassino:

— Sabes quem é?

Cassino apertou os olhos. Não respondeu.

— Sabes quem é? — repeti.

Fez-se um longo momento de silêncio. Cassino desviou os
olhos de mim e olhou para Johnny. Depois, apertou os lábios e
ficou à espera.

— Cassino — disse-lhe numa voz que me soou surda —
tudo isto é uma grande merda, quero dizer, tu és afinal o Joe Filippo, como num melodrama barato. Não é que isso, ao fim e
ao cabo, tenha qualquer importância de ordem moral, mas um
gajo chateia-se de andar a fazer de parvo, a bater com a cabeça
nas paredes.

Passei as costas da mão pela boca e atirei a fotografia para
cima da cama.

— Penso que desde o dia em que estivemos em casa de T.R.
Douglas — continuei — que tenho andado a puxar por um fio
que não tinha ponta do outro lado. Tinha uma vaga impressão
de que andava a fazer qualquer coisa ao contrário, a certa altura

já nem sabia bem o que era, até que tu entraste no quadro e tudo se esclareceu. Quando soube que tu eras Joe Filippo, olhando para esta fotografia com dedicatória, fiquei pior da úlcera e até tive febre. Uma situação perfeitamente ridícula.

Ele não disse nada. Johnny também continuava calado. Deixei passar quase meio minuto e depois levantei a mão, batendo com ela nos olhos de Cassino e fazendo voar o cigarro que ele tinha nos lábios. A pancada foi forte, mas ele continuou calado e quieto, depois de colocar as mãos à frente do rosto como uma criança envergonhada.

— Eu tenho uma coisa a fazer, Cassino — prossegui. — Ando há muito tempo à procura de Joe Filippo para fechar o negócio tratado entre Cassino e o milionário T.R. Douglas. Coisa mais estúpida do que isto só a anedota do homem que foi atropelado pelo seu próprio automóvel.

Levantei-me, abri a gaveta da mesinha-de-cabeceira e peguei na Beretta. Cassino tirou as mãos dos olhos e ficou a olhar para mim com expressão triste. Johnny continuou sentado e disse:

— Calma, Peter.

Não respondi. Abri o estojo do silenciador, que estava em cima da cama, tirei-o e coloquei-o na arma. Cassino desviou os olhos para o chão.

Atrás de mim, Johnny levantou-se e foi encostar-se ao parapeito da janela, passando a ver-nos de perfil.

— Cassino — disse eu. — Não queres dizer nada?

Ele continuou calado e a olhar para o chão. Passei a arma para a mão esquerda e bati-lhe com a outra mão, desta vez fechada. Apanhei-lhe o queixo e ele quase caiu da cadeira. Levantou-se, tentando proteger-se com as mãos, mas dei-lhe outro soco muito forte na boca, atirando-o para trás.

— Cassino? — perguntei. — Então?

Ele tinha sangue a escorrer pelos lábios. Puxou do lenço e fitou-me.

— Queres mesmo que te conte? Não é ainda mais estúpido estar a falar disto?

Uma onda de fúria passou-me pela cabeça. Mudei a pistola de novo para a mão direita e bati-lhe com a coronha no rosto. Ainda lhe rocei com a Beretta pela mão levantada, mas um risco de sangue começou a correr imediatamente por debaixo do seu olho esquerdo. Ele deu dois passos para trás, passou a mão direita pelo cabelo lustroso e murmurou:

— Se te acalmasses, podíamos falar. — E encostou o lenço ao rosto.

Atirei-lhe um pontapé no estômago que o fez dar um pequeno grito abafado. Avancei mais para ele e bati-lhe com a mão esquerda no pescoço, num golpe de cutelo. Ele caiu e dei-lhe dois violentos pontapés nos rins. Tentou fugir de mim, de gatas, mas dei-lhe outro pontapé nas costas. Deu um gemido rouco e encostou-se à parede, sentado no chão.

Fui sentar-me de novo na borda da cama. Cassino arfava e fazia um grande esforço para não gemer. O lado esquerdo do seu rosto estava coberto de sangue. Estendeu a mão para apanhar o lenço caído no chão, apanhou-o e encostou-o à face ensanguentada. Deixou-se ficar sentado no soalho.

— Johnny — disse eu, sem o olhar.

— Diz.

— Não te pedi que viesses para veres este lindo espectáculo. Queria apenas que o trouxesses.

— Ok., Peter. Calma.

Atirei um olhar de soslaio a Cassino.

— Ele diz que se eu me acalmar, podemos ter uma conversa.

— Calma, Peter.

— Estou calmo, Johnny. Estou à espera que ele fale. Como fiz com Max Bolero e o Nick Collins. Ele agora vai contar tudo.

Cassino perguntou:

— Posso ir lavar a cara à casa de banho?

— Vai — disse-lhe. — Mas deixa a porta aberta.

Ele levantou-se com dificuldade e entrou na casa de banho, deixando a porta totalmente aberta. Do sítio em que me encontrava, via-lhe as pernas e a cintura dobrada para a frente. Começou a correr água da torneira do lavatório. Johnny deu alguns passos lentos pelo quarto, tirou a lima do bolso do casaco, encostou-se à parede e começou a limar as unhas.

Cassino saiu da casa de banho, limpando o rosto a uma toalha. Olhou para mim, depois para Johnny e sentou-se na cadeira em que estivera antes. Eu também dei alguns passos pelo quarto, balanceando a arma na mão, antes de me sentar de novo na borda da cama. Johnny continuou quieto, a limar as unhas, olhando discretamente para Cassino.

— «Califa» — disse Cassino, com um ar extraordinariamente desencantado — possivelmente julgarás que te estive a enganar desde o princípio, mas não foi nada disso. Até seria estúpido. A verdade é que quando recebi o telefonema estava longe de supor que o milionário Douglas fosse o pai de Katie Douglas. Nem sequer tal coisa me passou pela cabeça.

Fez uns momentos de pausa, passou a toalha de novo pelo rosto e fitou o sangue que nela ficara. Levantou outra vez a cabeça, olhou para o meu lado esquerdo, para o fundo do quarto e continuou a falar.

— Quando aconteceu aquilo em Chicago, há oito anos, o único que conhecia bem a rapariga era Nick Collins. E talvez, também, Max Bolero. De qualquer modo, foi uma estupidez. Quando fui avisado do que se passara com a rapariga, pus-me ao fresco. Na altura, tive medo, falaram-me até que o pai dela nos procurava. Certo é que todos nós fugimos. Eu fui para Minnesota e por lá fiquei até que vim para Nova Iorque. Para mim, o caso ficou arrumado, nunca mais pensei nisso. Sabia que a rapariga se chamava Douglas, mas há imensos Douglas nos Estados Unidos. Por que razão haveria de saber que o milionário Douglas era o pai dela? Nessa altura, creio que ele nem era ainda milionário.

Houve alguns segundos de silêncio. E perguntei, sem olhar para ele:

— Qual foi o momento exacto em que soubeste que ele era o pai de Katie?

— Quando ele começou a falar do caso de há oito anos e mencionou Collins e Bolero. Quando no dia anterior, estive sozinho com ele, não me disse nada sobre o negócio e eu não podia adivinhar.

— E porque não tentaste avisar-me para não aceitar o trabalho?

Ele começou a raspar a alcatifa com a biqueira do sapato, olhando para o chão.

— Fiquei muito surpreendido. Ainda me lembrei de fazer qualquer coisa. Mesmo depois de termos saído de lá, fiquei a pensar no assunto. Mas não sabia como resolvê-lo.

— Dizias-me — murmurei.

— Pensei nisso, mas lembrei-me de que talvez fosse pior. Respirei fundo.

— Pior, porquê? — perguntei.

— Não sei — disse ele, muito hesitante. — Já tínhamos feito o negócio com velho. Era muito dinheiro e…

Interrompeu-se para me fitar. Encolheu os ombros e olhou outra vez para a toalha. Eu disse:

— Pois. Era muito dinheiro e era uma grande chatice devolvê-lo. Era mais fácil enganar Maynard, ahn?

— Talvez fosse isso — disse ele, num tom baixo. — Perdi a oportunidade de te dizer antes do trabalho estar começado e depois deixei-me arrastar pela ideia de que tudo se haveria de recompor. Aqueles vinte mil dólares faziam-me arranjo e, pelo menos, de momento, custava-me muito desfazer-me deles. Foi uma estupidez, mas foi assim.

Tirou o maço de cigarros da algibeira e acendeu um cigarro. Johnny guardou a lima das unhas na algibeira, cruzou os braços e apoiou o corpo na perna direita, sempre encostado à parede. Eu perguntei a Cassino:

— E como pensavas tu recompor a situação?

Ele voltou a encolher os ombros.

— A minha ideia era encontrar o rasto de Max Bolero e Tony Hernandez. Depois, talvez o de Nick Collins. Quanto a Joe Filippo…

Sorriu, deixou passar tempo e eu tive de perguntar:

— Quanto a Filippo?

— Bem, talvez o pudesse dar como desaparecido. O velho Douglas talvez se convencesse que ele já tivesse morrido ou qualquer coisa assim e desse os outros quarenta mil dólares. A partir de certa altura, preocupei-me exclusivamente em esconder o rasto de Joe Filippo.

— Pois — disse eu.

Cassino levantou-se, começou a dar passos pelo quarto e disse:

— Depois de teres ido ao México, comecei efectivamente a recear o que pudesse acontecer. Quando soube que Nick Collins estava na Polícia de Frisco e pertencia ao Sindicato, fiquei bastante preocupado.

— Porquê? — perguntei suavemente.

Ele apertou os olhos e passou a toalha para a mão esquerda, num gesto nervoso.

— Matar Nick Collins era muito chato — disse Cassino, pausadamente. — O Sindicato não havia de gostar. Já tínhamos sido avisados e tudo. Matar Collins era desafiá-los no pior momento. Entrariam a fundo, deitavam tudo cá para fora. O mais certo era matarem-nos. Pelo menos, se Joe Filippo ficasse enterrado, Lucky Cassino ficava muito exposto. Tudo estava a andar de maneira vertiginosa e o meu único pensamento nessa altura era adiar o fim que tu procuravas.

— Pois — disse eu, puxando por muitas coisas que se atropelavam na minha lembrança e que a pouco e pouco encaixavam umas nas outras. — E como é que resolveste adiar o fim? — perguntei, com uma certa dose de perversidade, adivinhando o próximo lance do diálogo.

Ele parou na minha frente, mas não conseguiu fitar-me. Deu uma fumaça, olhando para o chão, e disse:

— É difícil explicar-te bem o que se passava na minha cabeça. Andava confuso e hesitante. E via-te com uma grande determinação de continuares.

— Ao passo que tu — disse eu, após um breve silêncio — começaste com evasivas, deixando-me cada vez mais na sombra. À eficiência inicial, que me levou a Max Bolero e a Tony Hernandez, sucederam-se as tuas esquivas, nem sempre subtis, porque os nervos te atraiçoavam. As nossas últimas conversas já estavam cheias de uma grande traição tua e de uma grande dúvida minha. Lembras-te, Cassino? — perguntei-lhe, enquanto lhe fixava o rosto ferido e vagamente amargurado. — Nós falávamos e já não conseguíamos entender-nos. Eu sabia que qualquer coisa estava errada, profundamente errada, mas não sabia o que era. Vi que estavas com medo do Sindicato, o que era natural, mas havia mais do que isso, algo que me escapava por entre os dedos como areia seca. À força de ter de me preocupar comigo próprio, acabei por abandonar um pouco a preocupação que tu me causavas. Mas qualquer coisa ficou a bulir dentro de mim, como uma campainha ao longe, dizendo-me para não adormecer sobre o que estava feito. Talvez tenha sido a tua atitude que me levou a procurar Joe Filippo. Talvez eu tivesse uma maravilhosa intuição, que acabou por me conduzir a isto a que chegámos. Cassino, o velho Freud explicar-te-ia isto melhor do que eu, mas tu sabes a que me refiro. Quando decidiste meter-me numa gaiola de respostas neutras, empurraste-me sem querer para uma forma de obcecação.

Ele esmagou o cigarro no cinzeiro. Parecia um pouco ausente, mas eu sabia que não estava.

— Cassino — disse eu, mudando de tom. — Tu é que deves contar a história. Estamos a trocar as posições.

— No fundo, o resto já tu sabes — respondeu ele, levantando a cabeça.

— Já sei? — fiz eu, com voz pausada. — Então, não há mais nada que valha a pena contares-me?

— «Califa» — disse ele — estamos a remexer nesta porcaria toda...

— Não te apetece remexer nesta porcaria toda — cortei eu, num tom duro — mas não há outra maneira de fazer as coisas. Simplesmente, se te falta o ânimo ou a vontade, então eu posso fazê-lo por ti.

— Dei duas pequenas pancadas com a arma no joelho e disse-lhe: — Corrige-me, se eu me enganar.

Ele passou a mão direita em volta do tronco, como se massajasse uma zona ferida. Olhou-me de soslaio e ficou à espera. Tinha outra vez o ar de rato assustado que eu encontrava nele de longe a longe, em situações que prometiam gravidade e o afectavam directamente.

— Quando eu te disse que íamos falar com Max Bolero ao salão de bilhares — comecei eu, andando pelo quarto, para trás e para diante, em passadas largas — tu até me disseste que não sabias jogar o bilhar, fazendo o possível por não ir comigo. Está certo?

— Está certo — disse ele baixinho, continuando a massajar o tronco, ao de leve.

— Pois — disse eu. — Então, tu telefonaste-lhe, dizendo que andava um assassino profissional à caça dele por causa dessa história de Katie Douglas. Ou disseste isto, ou outra coisa qualquer. O que te interessou, foi recambiá-lo para Frisco, a fim de evitares que ele te visse no salão de bilhares. Até lhe disseste, possivelmente, que a única maneira dele se safar era sair de Nova Iorque. Deves ter-lhe dito que lhe estavas a fazer um grande favor e et cetera. Por isso, ele me disse no quarto, minutos antes de morrer, que Joe Filippo lhe telefonara. Um gesto de amizade, dissera ele apenas, supondo que o amigalhaço das grandes farras de há oito anos continuava a ser um gajo fixe. Não conseguiste evitar uma coisa: que eu soubesse que Joe Filippo estava em Nova Iorque. Mas isto também não era problema por aí além. Nova Iorque tem dez milhões de habitantes e eu não podia fazer um inquérito nem deitar um anúncio no jornal. De resto, quando vieste de Minnesota já eras Lucky Cassino. Despiste a farda de Joe Filippo em Chicago. Está certo?

— Mais ou menos — disse ele, mordendo a unha do indicador da mão esquerda.

Continuei a andar e a falar.

— Afinal, toda aquela história dos quatro terem mudado de nome por causa de Katie Douglas ficou reduzida a pouca coisa. Nick Collins mudou-se para Frisco depois da tal noitada e continuou a ser Nick Collins, conseguindo mesmo depois um lugar na Polícia e no Sindicato. Tony Hernandez continuou a ser Tony Hernandez, mas no México um Tony chama-se Antonio, e ele passou a ser Antonio Hernandez. Só tu e Max Bolero mudaram de nome, cada qual, calculo eu, por qualquer vigarice própria, sem nada de comum. Mas ele era um bocado ingénuo, ou con-

155

servador, e deixou ficar o Max, com medo de não se reconhecer se não ouvisse chamarem-no pelo nome de baptismo. Tu é que alteraste tudo, o nome completo. E lá saberás porquê. Tenho razões para acreditar que não foi por causa de Katie. Está certo?

Cassino apenas fez que sim com a cabeça. Sentara-se de novo, com os braços apoiados nas pernas, o tronco dobrado, olhando para o chão. De vez em quando, passava a toalha pelo rosto.

— Mandaste-me ao México pela mesma razão que me mandaste a Frisco — prossegui. — O que se tornava necessário era tu não apareceres em cena, ao pé de mim, para não te reconhecerem. Não era, de resto, um trabalho difícil. Liquidados Bolero e Hernandez, encontraste-te perante um dilema. Continuar podia ser perigoso. Quanto mais depressa achássemos Nick Collins, mais depressa era preciso procurar Joe Filippo. Creio que estou a fazer o raciocínio que tu fizeste, não é verdade?

Ele não respondeu. Parei, olhei para ele e repeti:

— Não é verdade?

— É — respondeu ele, sem se mover.

Prossegui na minha caminhada para trás e para diante, exercitando a imaginação e encaixando os factos uns nos outros.

— Quando soubeste que Nick Collins era da Polícia de Frisco, tiveste medo, até porque o Sindicato começou a movimentar-se nessa altura.

— «Califa»… — interrompeu ele.

— Disseste alguma coisa?

— «Califa» — disse ele, batendo as sílabas e falando com voz um pouco cansada — era um perigo muito grande matar Collins. Já te disse isso.

— Pois — respondi. — Sei que me tinhas dito isso. E eu também estava a dizer isso agora. Mas façamos um pequeno desvio. Procuremos a luz. Ela há-de estar em qualquer parte.

Parei um pouco no meio do quarto e fitei o chão com expressão pensativa. Sem olhar para ele, vi-o esperar com grande ansiedade.

— Cassino — disse eu, levantando a cabeça e continuando a andar — quando vi no jornal que T.R. Douglas tinha sido assassinado — possivelmente por questões de negócios, como dizia o inefável repórter — lembrei-me do seguinte: Nick Collins soubera da morte de Bolero e de Hernandez, ligou os casos e pensou com os seus botões, e muito bem, que seria o próximo da lista. Ou ele ou Joe Filippo. Eu já sabia que Collins estava em Frisco, fazendo o velho jogo duplo. Ora, não lhe interessava meter a Polícia no caso, porque vinha com certeza à superfície a sua acção nessa noite, como instigador de uma linda proeza. Era mais fácil enviar-me a gente do Sindicato, fazer de mim o inimigo número um, até porque a morte de Bolero na zona da sua jurisdição lhe servia admiravelmente de pretexto. O Sindicato não sabia que estava a trabalhar para ele, Nick Collins. Aqui, deduzo que Collins e Bolero continuaram a ser unha com carne depois da brincadeira de Chicago e que Collins chateou-se muito quando apareceu o cadáver do amigalhaço. Mas ele não sabia, oh, não, ele não sabia que o princípio de tudo era uma rapariga que tinha cortado os pulsos com uma lâmina, num sanatório. Levou a morte de Bolero à conta de qualquer outra história.

Johnny olhava agora para mim com ar interessado. Cassino estava imóvel como uma estátua.

— Mais tarde, quando fui a Tijuana e deixei Hernandez, ao sol, na estrada, vim encontrar-te com ar fugitivo, o ar de não se sabe nada, a chatice do Sindicato e et cetera. Um besouro, em qualquer parte de mim, na parte mais desconfiada do velho Maynard, começou a zumbir, a princípio imperceptivelmente. Perguntava a mim próprio o que não estaria a bater certo. Até que fui avisado de que o Sindicato já não me dava qualquer oportunidade. A princípio, tinham-me excluído apenas das cidades controladas, mas depois da morte de Hernandez, eu era o safardanas a fazer cair. Simultaneamente, o velho Douglas é atirado para o cemitério.

Fiz uma pequena pausa, sem parar de me mexer, e continuei:

— Cassino, estou a contar uma história que tem as suas repetições, aqui e além, mas é necessário, porque só assim será possível abranger o conjunto e fazer ressaltar todas as linhas da tua meritíssima tarefa. Dizia eu: o velho Douglas é atirado para o cemitério. Pus-me a pensar. Bem, a dedução era simples: Nick Collins soube de Hernandez, ligou-o a Bolero, mandou a rapaziada a Douglas e a próxima estação era eu. Achas que estou certo, Cassino?

— Acho que sim — disse ele, com uma certa indiferença simulada.

— Pois. Lá fui eu à caça de Nick Collins, enquanto Nick Collins pensava caçar-me. Cheguei primeiro. Antes de morrer, ele disse-me umas coisas. Não era homem para falar muito, mas disse-me umas coisas. Talvez me dissesse mais, se eu lhe tivesse perguntado. Mas eu não sabia o que havia de lhe perguntar. Só andava comigo uma grande intuição básica. Escapava-me o pormenor. Certo é que ele ofereceu-me dinheiro para eu o deixar viver. Eu não quis fazer o acordo. Resolvi que ele havia de ficar por ali.

Dei mais dois passos e continuei pausadamente:

— Quando Lilly me deu a fotografia, então consegui acabar o quadro. Por que razão, perguntei a mim próprio, seria forçoso Collins ligar a morte de Hernandez à de Bolero? Que diabo, Maynard, disse para mim próprio, Hernandez morreu no México, a notícia não ia chegar a Frisco num pombo-correio, Collins tinha mais que fazer do que andar a saber de Hernandez, e por que motivo havia de saber disso por acaso? Percebes o que eu quero dizer, Cassino?

Ele não me respondeu. Eu sabia que ele não ia responder-me. Johnny tinha os olhos pregados em mim com uma atenção extrema.

— Estou a dizer, Cassino, — e eu estava a dar-me conta de que a minha actuação era quase teatral — que Nick Collins nunca sonhou, sequer, o motivo da morte de Bolero e que, portanto, não tinha que preocupar-se com o que viesse a acontecer aos outros comparsas, incluindo ele próprio. Muito provavelmente, nem chegou a saber que Hernandez morrera. Ou antes: soube quando alguém lhe disse. Aqui, a situação já é grave, Cassino.

Desta vez, ele olhou para mim com expressão um pouco interrogadora. Continuei:

— Quando alguém lhe segredou, possivelmente ao telefone, que Maynard, contratado por T.R. Douglas, já deixara para trás Max Bolero e Tony Hernandez e que o próximo passo seria para ele, Nick Collins. Foste tu, Cassino, que fizeste isto.

— «Califa» ... — ia ele a dizer.

— Um momento — interrompi, levantando o braço. — Quando tiver dúvidas, pergunto. Neste momento, não tenho dúvidas. Ouve com atenção.

Sentei-me de novo na borda da cama, balanceando a arma na mão e olhando bem para ele.

— Veio tudo junto, Cassino: a morte de Douglas, o Sindicato na minha cola, o teu desaparecimento. Lembras-te, Cassino? Nunca mais soube de ti depois da morte de T.R. Douglas. Nessa altura, ainda pensei que andavas a fugir ao Sindicato como da tua própria sombra. Mas não. Estavas era a fugir das minhas proximidades e a deixar campo livre para os «meninos» de Collins.

Um pouco surpreendente para mim, o facto de Cassino já não reagir. Era uma esponja que absorvia palavras, estava aberto a todos os meus golpes.

— Não disseste a Nick Collins que eras Joe Filippo. Deves ter apenas levantado a lebre, falando da ligação entre a morte de Bolero e a de Hernandez. Isto foi o suficiente para ele. Atacou sem reservas para limpar o caminho. Entretanto, tu desapareceste da circulação, porque se fosses apanhado... tu Cassino — também tinhas a tua conta. Só eu estava desprevenido, portanto era fácil tratarem-me da saúde. Eu é que vim a saber a tempo, um pouco por acaso, quem era Nick Collins, algo que já tinhas descoberto e que não me transmitiste porque não te convinha. O que te convinha era arranjares-me uma caixa de madeira preta com enfeites dourados. Era a única maneira de eu não procurar Joe Filippo.

Quase não fiz pausa para continuar:

— Desapareci rapidamente, parei um pouco em Nick Collins, e agora te digo que se perguntasse a Nick Collins como soubera ele que eu o procurava, talvez ele me falasse de uma determinada chamada telefónica anónima, o que me levaria imediatamente a pensar mais profundamente no caso. Talvez nessa altura chegasse à conclusão de que nem necessitava de falar com mais ninguém, talvez chegasse à conclusão que não era precisa uma fotografia, nem outra coisa qualquer. Mas eu não sabia nada, só tinha vagas impressões, uns grandes farrapos de desconfiança. Um nevoeiro imenso, com a luz atrás, a querer romper. Nunca cheguei a ter o palpite certo. Fui um grande burro, Cassino.

Fiquei sentado na borda da cama, olhando Cassino, enquanto Johnny olhava para nós, ora para mim, ora para ele. Houve um silêncio de minutos e depois eu disse muito devagar:

— Devia matar-te, Cassino. Matar-te como um cão. Atraiçoaste os safardanas dos teus amigos, atraiçoaste-me, atraiçoaste o homem que te contratou, e em toda esta história apenas pensaste no dinheiro que podias ganhar e na tua pele asquerosa. Eu bem sabia que tu nunca foste grande coisa, nenhum de nós é grande coisa, ninguém é, mas todo o teu procedimento neste caso é um nojo do princípio ao fim. O menos que posso fazer é exactamente o que vou fazer: vou ficar com os vinte mil dólares que trouxeste e que era a tua metade na primeira parte do contrato. Assim, receberei os meus quarenta mil, porque fui o mais escrupuloso possível. E que o velho Douglas me desculpe não mandar Joe Filippo desta para melhor, mas também estou farto desta matança. E daí, talvez te queira vivo para te ter na mão, até para continuar a fazer sociedade contigo, depois de tudo isto esquecer e eu chegar à conclusão de que não havia razão para esperar muito melhor da tua parte.

Pequei na pasta que ele trouxera, abri-a e contei vinte mil dólares. Depois, disse-lhe:

— Vai-te embora.

— «Califa» … — disse ele.

— Ahn?

— Para onde vou? Tenho duzentos dólares na algibeira e…

— Desaparece — disse-lhe, entredentes.

Johnny aproximou-se do dinheiro que estava em cima da cama, tirou uma nota de mil dólares e disse-me:

— Peter…

Encolhi os ombros.

— Cassino — disse Johnny, olhando para ele. — Toma mil dólares e vai-te embora. Mete-te num buraco qualquer bem longe, até que a gente do Sindicato serene. Vai.

Cassino pôs a toalha em cima da cadeira, recebeu a nota e avançou para a porta. Antes de sair, disse:

— Desculpa, «Califa».

— Pois — respondi, voltando-lhe as costas. — Sai pela porta das traseiras do hotel, para não te verem o focinho desfeito.

— Talvez seja necessário proteger Olga de qualquer tentativa do Sindicato — disse Johnny, entrando comigo na pista do aeroporto. — Eddie Piano desapareceu, o cadáver de Collins deve ser encontrado de um momento para o outro e a rapaziada de Rouse deve estar a regressar a Chicago. Vais na melhor altura para Roma, rapaz. E eu regresso já a Nova Iorque para saber como andam as coisas. Sei que vou encontrar Charlie Di Luca chateado.

Sorri para ele.

— Johnny, és um anjolas — disse-lhe.

— Está bem — respondeu ele, sorrindo também. — Mandar-te-ei Olga logo que te instalares. Manda-me um telegrama de Roma com nome italiano para eu depois entrar em contacto contigo.

Pus um dedo nos lábios.

Giovanni Scarpelli serve? — perguntei-lhe.

— É uma beleza de nome.

Uma sombra deve ter-me passado pelo rosto quando olhei para o avião.

— Que se passa, Peter? — perguntou Johnny.

— Nada. Talvez a úlcera. Tenho saudades de Olga e tu és um grande palerma.

Ficámos calados por um momento. Mudei a pasta para a mão esquerda e fitei Johnny. Ele sorriu sem vontade.

— Peter, não vale a pena chateares-te.

— Pois.

— Isto é tudo uma trampa. Sempre foi e sempre há-de ser.

— Adeus, palerma.

Entrei no avião sem olhar para trás. Sentei-me no meu lugar, apertei o cinto e disse para mim próprio que seria bom dormir um pouco durante a viagem. *Não comeces a puxar pela pinha, rapaz. Deixa andar, deixa andar. Pior que a úlcera, são esses malditos monólogos maynardianos.*

Encostei a cabeça para trás e fechei os olhos.

FIM

POSFÁCIO

PETER MAYNARD, AUTOR DO MOLERO

«Há sempre razões para matar um homem.
Pelo contrário, é impossível justificar-se que ele viva.»
Jean-Baptiste Clamence, in *A Queda*,
Albert Camus, 1956

Em 1977 Dinis Machado publicou O Que Diz Molero. *Para além do imediato sucesso editorial, o romance tornou-se a primeira referência da literatura portuguesa depois do 25 de Abril, data que o autor aguardara para terminar o romance, já que antes, aconselharam-no alguns editores consultados, nem sequer valia a pena tentar.*

E a linguagem dos livros nunca mais foi a mesma. Tal como Auguste Le Breton e Albert Simonin introduziram o movimento argot *na literatura francesa, e Dashiell Hammett e Raymond Chandler lançaram a língua americana nesta literatura então emergente, também Dinis Machado trouxe, finalmente em Portugal, a linguagem da rua para a literatura maior.*

Desde então nunca mais sentiu a premência de escrever outra obra de vulto. É certo que ainda publicou o rápido Discurso de Alfredo Marceneiro a Gabriel Garcia Marques, *o contido* Reduto Quase Final, *e a compilação* Gráfico de Vendas Com Orquídea. *Mas romances, nada. E a razão é simples. Como ele próprio disse e repetiu, não tinha nada de novo a acrescentar e, por pudor, não lhe apetecia escrever outro Molero. De resto, ele sempre sonhara, desde pequeno, escrever o seu livro. E o seu livro estava escrito.*

Por essas e por outras, mas também por ignorância, passou a ser comum afirmar, ao longo destes trinta anos, durante o muito que se escreveu sobre o Molero, que Dinis Machado é escritor de um só romance. Porém, do mesmo modo que as santas não são OVNIS e que estes não pousam nas azinheiras, também o Molero não caiu do céu. Um livro assim não nasce de geração espontânea. É preciso ter a mão muito treinada. E ele começou a treiná-la dez anos antes quando publicou, não um, mas três romances sob o pseudónimo de Dennis McShade. Isto para já não falar dos outros vinte anos a escrever nos jornais, muitas vezes de pé, sobre futebóis e fitas, coisas simples da vida que haveriam de ser a base da linguagem revolucionária do Molero. Mas comecemos pelo princípio.

O avesso e o direito. *Estamos em 1967. Neste triste Portugal dos que não puderam partir, os cidadãos são suavemente apascentados nos estreitos caminhos da moral do Senhor Presidente do Conselho. Em nome da sua estética de homem que se preocupa com o direito e o avesso dos* naperons, *livros, discos e filmes são impiedosamente retalhados pela Censura. Outros, são simplesmente banidos.*

Contudo, os censores, cuja formação militar da velha guarda não ajuda a um grande discernimento intelectual, são míopes como touros-bravos e marram a direito sobre tudo o que mexe. Toureá-los é o desporto predilecto de alguns resistentes com sentido de humor.

Porém, não é muito fácil estas coisas acontecerem com a literatura dita séria. Por isso, não admira que o policial seja um dos poucos segmentos que passam sem grandes constrangimentos. É literatura rasca, publicada em inseguros livrinhos de bolso, os autores são até maioritariamente americanos — logo, não vêm impregnados com o enxofre do demónio vermelho — e, ainda por cima, são editados à média de um título por mês em cada uma das muitas colecções. O que não dá tempo à Censura de os ler a todos com a devida atenção.

O mais estranho — o que mostra bem o desfasamento cultural dos censores — é que, desde a II Guerra, o policial negro se tornara, sobretudo em França, símbolo de contestação, de contracultura, de vanguarda literária e cinematográfica. Mas nós por cá, tudo bem. Os editores mais atrevidos aproveitam. E os escritores também.

Du Rififi chez les hommes. Roussado Pinto era o primeiro director da Rififi, colecção de policiais da Ibis que foi buscar o nome ao célebre romance de Auguste Le Breton, mais tarde traduzido por Mário Henrique Leiria. Como tem bichos-carpinteiros, resolve sair e convida o velho amigo Dinis Machado para ficar no seu lugar. Além da Rififi, havia a Corin Tellado, livrinhos de anedotas, coboiadas, horóscopos. Uma biblioteca de Babel à Ross Pynn, homem do melhor e do pior, truculentos policiais negros versus gloriosas intrujices no Jornal do Incrível.

Ora, Dinis Machado — nado, criado e aculturado em filmes negros americanos no Bairro Alto — vinha dos jornais desportivos, onde se iniciara a relatar, para o Record, o jogo Arroios-Sacavenense, da II Divisão, no então «estádio» de Campo de Ourique. Tudo por causa do pai, dono do restaurante Farta Brutos, letrista de fado e árbitro de futebol. E também, certamente, porque a Escola Comercial não o conseguiu convencer a perder o melhor tempo da sua vida sentado em bem comportados bancos de madeira.

E para quê? Tinha os livros que alugava na Barateira e trocava com os amigos do Bairro numa espécie de rateio bolsista — «Toma lá um Camus e dá cá dois Kafkas.» E ainda tinha os filmes, que ele consumia aos dois por dia, no Loreto ou no Chiado Terrace, como drageias receitadas pelo médico para atenuar a sua fome crónica de histórias negras. Aliás, nem é preciso conhecer Dinis Machado. Basta lê-lo, mesmo com pouca atenção, para perceber que o seu mundo é feito de cenas a preto-e-branco, com boxeurs desdentados e canas do nariz partidas em duas, pistolas que cospem o fogo redentor da justiça poética, fidelidades insuperáveis por velhos amigos desencarreirados.

Por estas e por outras, Dinis Machado trata o policial negro por tu cá tu lá. Ele e o policial negro são unha com carne, quase como se tivessem andado na mesma escola, ou assentado praça juntos. E aceita o convite do Ross.

Este Major é um bacano. Naquele ano de 1966, Dinis Machado vivia com alguma aflição financeira por causa da família. O editor propõe-lhe — «Porque é que não escreves uns policiais para a Rififi? Pago-te o mesmo que aos estrangeiros, seis contos cada um.»

Faz as contas. Três vezes seis dá dezoito contos. Que Jaime Mas acabaria por arredondar para os vintes certos. É uma grande ajuda, ainda por cima paga à cabeça. Boris Vian tinha inventado Vernon Sullivan para fazer de J'irai cracher sur vos tombes um best seller e, assim, ajudar o quase falido editor e amigo Jean d'Halluin. Dinis Machado acaba de inventar Dennis McShade para se ajudar a si próprio. Um e outro «escritores de ofício», como *lhes chama Dinis Machado, ele quase também a acreditar, à força de tanto o ouvir, que a literatura tem géneros e que alguns, como o policial, são até de um género menor.*

Ora, nem o bairraltense Dinis, nem o americano McShade, tinham alguma vez escrito um romance. Mas sabe como é. Já leu e editou muitos. Um romance policial começa sempre com um bom título. Ou melhor, três bons títulos, já que tem de entregar os três à cabeça.

O primeiro vai chamar-se Mão Direita do Diabo. *Constrói--se a personagem, arranja-se uma boa história, segue-se uma linha Dashiell Hammett e está feito.*

No segundo aprofundam-se as personagens, a história não custa nada, saca-se do Chandler como se fosse o 38 e pode chamar-se Requiem para D. Quixote.

No terceiro exploram-se até ao tutano os «monólogos maynardianos» e, quanto à história, há-de ser o que Deus quiser. Ou o Kafka. Com uma pincelada de Picasso. E, já agora, vai levar o nome de Mulher e Arma com Guitarra Espanhola, *que é mesmo um título parecido com os policiais do costume.*

Apesar de toda esta displicência literária — escreve-os em menos de um ano — não há dúvida que cada um é para o que nasce. E Dennis McShade, tal como o gémeo Dinis Machado, nasceu para ser um grande escritor. Por trás de cada historinha banal está todo um universo literário que, até à época, ninguém ainda lograra alcançar, assim tão bem disfarçado de policial de bolso.

De tal modo que até na Censura foram capazes de dar pelo gato. Aquilo não eram policiais como os outros. Quando o terceiro está para sair, Dinis Machado, como director da colecção, é chamado a despacho com um senhor Major — «Há aqui umas coisas

que, vossemecê 'tá a ver, parecem-me um bocado demais.» Dinis
Machado garante-lhe que não tem que se preocupar, pois aquele
até é o último dos três que compraram ao câmone. E o outro por
fim lá concordou — «Bom, sendo assim, vá lá.»

Um bacano aquele Major, como poderia ter dito Molero dez
anos depois no seu relatório, caso se tivesse lembrado.

Literatura menor. *E que coisas eram essas que ao Major faziam
tantas cócegas? O seu assassino profissional Peter Maynard — cujo
nome é bem mais que uma homenagem ao* Pierre Menard, autor
do Quixote *de Jorge Luis Borges — não é um assassino qualquer.
Só aceita trabalhos escudados no imperativo ético da justiça ou da
amizade, um anjo vingador que aceita dinheiro em troca da sua
dedicação profissional. Embora, no fim, acabe sempre por deixar
aparecer o grande D. Quixote que vive escondido na sua úlcera.*

*É a «literatura desencasacada» de McSombra, em português,
que começa a faena com a mais humana das vinganças de um velho que viu a filha violada e morta, passa pela dificuldade em matar Big Shelley, gangster e homossexual, só porque tem nome de
poeta, e acaba com estranhas ligações da máfia ao poder americano, com tráficos de armas na América Latina e grupos neonazis à
mistura. Não admira que o Major se tenha mexido na cadeira e
começado a mordiscar, nervoso, a ponta do lápis azul.*

*A ideia dos monólogos maynardo-molerianos veio-lhe d'*A Queda
de Camus. *Já não é para todos. Mas onde é que, até então, se tinha
visto um policial de bolso com referências a Dos Passos, Céline,
Kafka, Joyce? Onde é que já se viu um assassino profissional que
ouve Mozart, Bach, Debussy? Qual era o autor de policiais que*

os tinha para citar Rimbaud, Cervantes e Grimm no início dos livros?

Anos mais tarde, o catalão Montalbán fez o mesmo com o seu Pepe Carvalho, um herói tão literato que, numa ânsia pós-moderna de negação da cultura dominante, se entretém a usar os clássicos para acender a lareira. Passaram a tratar os seus policiais como literatura séria e desataram a dar-lhe prémios por tudo quanto era lado. Infelizmente, Dennis McShade é tão português como todos nós. E Montalbán pode ficar descansado — nunca ninguém vai perceber que, quando Pepe Carvalho nasceu, já Peter Maynard comia pão com côdea.

José Xavier Ezequiel
Outubro de 2007

REVISÃO: ANTÓNIO LAMPREIA

TIRAGEM: 3000 EXEMPLARES
DEPÓSITO LEGAL: 278376/08

IMPRESSO NA GUIDE – ARTES GRÁFICAS, LDA.
RUA HERÓIS DE CHAIMITE, 14
2675-374 ODIVELAS